出版屋《ほんや》の考え
休むに
にたり

福元満治
Fukumoto Mitsuji

石風社

装画・黒田征太郎
「BIRDS & CATS」No.11（K2 出版）

出版屋《ほんや》の考え休むににたり＊目次

Ⅰ　私は営業が苦手だ

Ⅱ　博多　バブル前後　一九九〇年代

Ⅲ　石牟礼道子ノート

Ⅳ　なぜかアフガニスタン

Ⅴ　本が放つ九州・沖縄の磁力

Ⅰ　私は営業が苦手だ

見通しも志もなかった

今年（一九九八年）で創業十七年になる。

フトン屋の二階、木造七坪の一室を、事務所に決めたのが一九八一年の十月。七年半勤めた出版社を辞めたものの、特にこれといった見通しも志もなかった。運転免許証もなし、出来ることは本作りぐらいしかない、というのが情けない実情だった。

事務所には、ひとまず中古屋で買ったスチール製のデスクと電話を置いた。というかそれだけしか予算がなかった。定期の収入は、某スーパー労組機関誌の割り付け料のみ。これとて、三万三千円の家賃と電話料や電気代などを払えばなくなってしまう。意気の上がらないこと甚だしい出発なのだが、気分だけはけっこうサバサバしていた。

電話は付けたが、取りあえずすることがない。せいぜい挨拶状をあちこちに出すことぐらいだ。三、四日もすれば友人知人から電話ぐらいは来るだろう、と思っていた。

ところが、一週間すぎても誰からも電話が来ない。少し焦りだした。音ぐらいないと淋しいと、買ってきた中古ラジカセからは、今は亡き松田優作のブルースが繰り返し流れている。机が一つしかない部屋にひとり坐っていると、なんだか世界中から見捨てられたような気分になってきた。

俺ってそんなに嫌われモンだったのか、と少し落ち込み始める。

八日目か九日目になって、初めて、電話が鳴った。第一声は、

「やっぱりぃ。電話番号まちがってますよ」

「エ、エーッ」

わが事務所の電話番号は、七一四の四八三八なのだが、中古電話屋のオヤジが七四一とウソの電話番号を教えていたのだ。クソオヤジのおかげでワシャ一週間以上も世界の孤児になってしまったじゃないか。それにしても（薄情な）友だちを怨まずにすんだ。

この間違い電話番号に気づいてくれたのが、今や西日本新聞の看板女性編集委員のNさん。何回かけても、見知らぬおばさんのところに繋がるので、「もしや番号が逆では」と、ひらめいたという。こういう「機転」から最も遠いところにいるおっとりした女性《ひと》というのが、友人間の共通認識だったのだから、人は見かけによらない。なかなか鋭い人だったのだ。

嬉しくなった私は、その後みんなに電話をかけまくった。

（一九九八年三月）

私は書店営業が苦手です

書籍は、著者（編集者）と読者にとっては作品（表現）だが、その流通過程においてはあくまでも一個の商品である。流通過程において書籍の文化的特殊性をことさらに強調するのは、書籍という商品の属性を、倒錯的に語っているに過ぎない。

あたりまえの話だけれど、書店には本を「読んでもらう」のではなく、「売ってもらう」のである。売ってもらうといっても、ただ単に書店から注文をもらい店頭に並べてもらうことではない。いくら本が店頭に山積みされても、売れなければそれまでである。つまり書店営業とは、書店に本を売る気になってもらうために必要な情報を提供（交換）することにある。書店は、版元の提供する情報と長年培った勘（データ）によって、仕入れの判断をする。だから、書店に対してその書籍の作品性についてのみ力説する事は、無意味ではないにしても実のある行為ではない。まして「この本は良心的な本で書評もたくさん出ました」などと強要するのは見当違いである。問題は商品としての可能性をいかに書店に納得してもらい、売る気になってもらうかである。そのための書評でもある。

しかしこれが、なかなかむずかしい。

マスコミに対して、紹介や書評の依頼をすること（これは編集者による営業）は、それほど面倒なことではない。作品としての本の価値について率直に述べればすむ。

ところが書店に対してはそうはいかない。書評もたくさん出て、いかに優れた内容であるかなどと言い募ってみても、苦笑いされるだけだろう。おまけに書店は忙しい。接客で殺気だち、とても声を掛けられないことなど再三である。顔馴染みの書店だとそうでもないが、出張先の初めての店だと、棚に隠れるようにしてレジを窺う犬のような気分で待つことになる。

ようやくタイミングを捉えて、この本は「類書とは一味違います。売れます」と、商品としてのセールスに精力を注がねばならない。一喜一憂しながらこれを二、三軒繰り返すと、私の場合血中疲労度がぐっと上がる。やはり、私は書店営業が苦手だ。

（一九九七年八月）

地方出版と図書館

最近では希になったが、以前は地元の公立図書館からの献本依頼が時々あった。理由は、「財政難で図書購入費が少ないから」というものだった。また一度だけ参加した図書館関係の研究会で、「あなた達も東京ばかり気にせんで、地元のことをじっくりやらんとでけんですよ」と、見当違いの説教を、唐突にされたことがあった。この方は、地方都市の図書館員だったが、その発言を見かねた小倉の書店のご主人に、「地元の出版社は、採算のとれるかどうかわからない仕事を、地道にやっています。あなた達こそそれを支えるべきですよ」と、やんわりと窘《たしな》められた。

という次第で、図書館にまつわる印象はあまりよくない。

私たち出版社が、図書館に期待する機能は、大雑把には二つあると思う。

ひとつは、自社出版物の購入先としてである。これは読者の側から見ると、市民サービスとしての図書館の機能である。

もうひとつは、文書や書籍等の「知の収蔵装置」としてのそれである。一番目の機能に対しては、できるだけ自社出版物を図書館で購入してもらい、採算ボーダーのリスクをいくらかでも減らしたいという願望がある。これには矛盾も含まれていて、図書館でたくさんの人が借りて読めば（多くの人に読んで欲しいというのはもちろんだが）、それだけ書店での購入者は減るわけである。しかし現実には、図書館宛にダイレクトメールによる営業活動を行っても、期待以上の反応が返ってこないのが現状である。

私は図書館の集書活動の実際についてはよく知らない。ただ版元の側から見ると、新刊の集書について、代理業者への委託の傾向が最近強くなっているのではないかと思える。小社の場合、代理納入業者による購入が、平均すると二百部前後と、刷り部数全体の一割弱をしめる。これはこれで有り難いのだが、図書館の側で、書評等を通して、自主的な書籍購入の姿勢をより強く持って頂ければ、さらに有り難いと思う。

予算やシステムの問題、人手不足と時間不足は推察される。行政も建物だけでなくそういう目に見えないところにお金を使って、各図書館をサポートして欲しい。そのことが弱小の出版を支え、結果的には市民の多様なニーズに応えることになるのではないかと思われる。

何故こういうことを言うのかというと、たとえば小社で刊行した『ローン・ハート・マウンテン――日系人強制収容所の日々』（エステル・石郷著、一九九二年）という本がある。この本は「春秋」

（西日本新聞）、「天声人語」（朝日新聞）を始め全国各紙誌で取り上げられ、スクラップブック一冊分の書評・紹介がでた。石川好氏も「収容された人々の生活をこれほどよく描いたものは他になく、著者の人間に対する信頼が伝わってくる」（「産経新聞」）と書いてくれた。しかしこの本は評価の割には全くといっていいほど売れず、図書館で購入してくれたところも百に満たなかった。

手前勝手な八つ当たりに見えるかもしれないけれど、広告費用を持たない小出版社にとっては、書評だけが頼りである。その書評が出ても、本が動かないとなると、残るのは無力感である。楽屋話で、みっともないのは承知の上で、あえて書き留めておきたい。

二番目は、書籍の企画や編集をする際のアイデアや素材の「知の収蔵装置」としての図書館機能だが、これは私たちがもっともっと活用すべきものと思う。

私たち出版社が日々思い悩むのは、次にどういう本を出すかという出版企画の問題である。そのためには、素材と書き手が必要である。しかし職業的な書き手はおおむね東京・関西に集住しているし、東京の出版社も膨張した市場に応えるために、地方在住の著者にまで常に目を配っている。

現状では、資本・流通・情報のあらゆる面で、私たちは東京を中心とするネットワークに組み込まれている。そのことで東京（中央）にたいする被害感を募らせたり、コンプレックスの裏返しとして「地方にこそ真実がある」と言い募ってみても不毛である。東京には、「中央―地方」論を超えた、近世都市としての伝統とともに世界の前線都市としてのおもしろさもあることを冷静に認めた上で、それを相対化できる価値を、具体的な作品として生み出さなければ意味がない。だから、東京の出版社が地方の書き手を把握していることを、とやかくいうこともない。そこにあるのは彼我《しが》の力量（企画・編集力や資力）の違いだけであることを知っておけばよい。

九州・福岡という土地は、職業的書き手こそ少ないけれど、その風土に豊かさをはらんでいる。それは東京に唱導された「地方の時代」という言葉に象徴されるような、胡乱《うろん》なことではない。また、はやりの「村おこし」というのも、地方都市を含めた都市資本による、全国的な地方（村）の解体＝商品化の別称であることは自覚しておいた方がよいと思う。

それでも、福岡という町に縁あって住んでいると、情報都市東京の持つノイズに惑わされずに、かえってよく見えてくる世界もある。

たとえば私は、福岡出身の中村哲医師の二冊の著書『ペシャワールにて――癩《らい》そしてアフガン難民』と『ダラエ・ヌールへの道――アフガン難民とともに』を出版した。

前著を、西洋中世史の研究者である阿部謹也氏（一橋大学学長）は、次のように評した。

「『近代化とは中世の牧歌的な迷信が別のもっともらしい科学的迷信におきかえられてゆく過程であるに過ぎない』と中村氏がいうとき、ルーマニアの亡きルネッサンス研究者クリアーノのような現代の学問の最先端の人々がようやく気づき始めたことを中村氏はすでにペシャワールで自らの体験の中で確認していたのである」（「西日本新聞」）

阿部氏の評価にあるように、中村氏は優れた表現者であり認識者である。同時に、中村氏は何よりもひとりの医師であり、十二年前から、パキスタンとアフガニスタンの地で、六つの病院と百四十人の現地スタッフを組織し、年間十八万人の患者を無料診療していることで知られている。あくまでも「現地のニーズ」を優先するこのプロジェクトは、福岡市に事務局があるNGO（民間援助団体）によって支えられている。仮にこの事務局が「議論好き・運動好き」のノイズ過剰な東京的風土にあったならば、ここまで持続的で実質のある活動を保てたかどうか疑問である。「反時代的」に見えるかもしれないが、そのことを私は土地の持つ「豊かさ」だとあえて言いたいのである。

この福岡という土地に棲み、有名・無名の書き手と出会い、納得できる作品を生み出していくことができるなら（これがなかなか難しい）、出版人としてこんな幸せなことはない。もちろんフィールドは、「現在」だけではない。この地の歴史や民俗を見るとき、またアジアとの関係を考えるとき、博多・福岡の町は、きわめて魅力的な「時間」や「素材」を保存している。

そういうふうに考えると、「知の収蔵装置」としての図書館（県立図書館・大学図書館等）は、出版企画の眠れる宝庫ではないかと思える。思ってはいるが、正直言って活用していない。恥ずかしい話、せいぜい編集上の疑問点の確認や引用文献の出典との照合程度の利用である。これは私たちの今後の課題である。

図書館の方々の積極的なアドバイスもお願いしたい。

（一九九二年）

「復刊」本をゾンビの山にせぬために

ＤＴＰ（デスクトップ・パブリシング）とからめて絶版本の「復刊」話が、ある種の希望を込めて語られつつある。紙型もとれず増刷すら容易でなかった頃に比べると隔世の感がある。不景気のせいだけでなく、技術革新と主に印刷所の努力によって制作コストも一、二割落ちている。ＤＴＰなどといって、制作まで編集者が引き受けて内部コストを上げなくとも、初めから印刷所に任せたほうが実質上制作コストが安くなる場合すらある。確かに版元にとって、制作環境は良くなりつつある。そういう環境の中で、企画の枯渇を補うべく、「復刊」にある種の期待が持たれるのも時代の趨勢《すうせい》とはいえる。

そもそも復刊される書籍は、先行出版社が倒産したのでなければ、経営上の理由で見切られたものである。そうでなければ増刷されたはずである。たとえば小社刊の『ペシャワールにて』（中村哲著）は四刷一万部を十年かかって売り切った。四刷め（二千部）が六年前である。もちろんこの本は小社で最も売れた本であって、通常は初刷二千から三千を十年かかって売り切れば良いほうである。同じ著者の第二作『ダラエ・ヌールへの道』（初刷三千五百部）も六年かかってほぼ在庫がなくなった。そして近々、同著者の第三作『医は国境を越えて』（三千部）を出版する。

ところで、ここで困ったことが起きた。実は前記三作は、著者のパキスタン・アフガニスタンでの医療活動を報告したいわばノンフィクション三部作である。その三作めが出るのに前二作が「在庫切れ」というのは読者にとっても、版元にとっても不都合である。当然当方も増刷の計画を立てた。ところがどう逆立ちしても、最低千五百部刷らないと同じ定価で出せない。

聞くところによると、東京あたりでは五百や七百部の増刷というのはざらだという。ところがここ福岡では主に製本費がネック（東京の二〜三倍）になって、増刷部数を押さえられない。これまでも、増刷を決断しその大半を抱え込んでしまった苦い経験がある。

しかしこの本は小社にとっての看板であり、財産でもある。たとえ今後十年かかって売り切れぬとしても、絶対に絶版にはできない（他社から「復刊」されたくもない）。そう思いつつまだ増刷に踏み切れないでいる。推測するに、大半の絶版本はこのような経営上のディレンマを経て息絶えたはずである。

現状では復刊には二つの方法がある。一つは、同じ内容のリニューアル出版である。もう一つは、文庫化や新書化である（オンデマンドによる「復刊」はレベルの異なる話なので論じない）。

さて、小社は今年になって二冊の本を復刊した。東京のトレヴィルで十年前に出された『生命の風物語』と『シャリマール』（共に甲斐大策著）である。前者は、故中上健次氏が「読者はこの短編集を読んで興奮する私をわかってくれるだろうか」と記し、後者は泉鏡花賞を吉本ばななと争い、五木寛之氏が絶賛したものである。なにより私自身が、日本の現代小説にはない異形の物語文学として感動した。

それまで小社では、甲斐氏の本をすでに三冊出しており、昨年末刊行した『餃子ロード』は、さまざまなメディアで紹介され出足も好調だった。そういう中で、前二作の版元であるトレヴィルの活動停止のニュースが伝わってきたのである。ほとんど採算のことを考えることなく、私は甲斐氏に氏の代表作二冊の復刊の意向を伝え、その快諾を得た。

ＤＴＰこそ使わなかったが、初刷り二千五百部で印税を含む原価率三八パーセント、本体価格一八〇〇円（初版より一〇〇円高）とした。あとで考えると極楽とんぼなのだが、その制作中小社は心地よい興奮に包まれていた。この二冊を出版できるということが、ただ嬉しかったのである。

全国の書店に、近刊案内のチラシを配布し、広告も打ち、ＴＲＣ（図書館流通センター）からは各百二十冊ほどの注文もきた。小社の取次口座は、地方・小出版流通センターと日販九州支店の注文口座だけである。委託配本は基本的にやっていない。「注文」だけで売るためには、読者へのきちんとした情報提供と書店注文しかない。幸いこれまで小社刊行物の書評率は比較的高かった。ましてやこの本は、中上氏や五木氏も絶賛している。マスコミ各社や関心を持ちそうな文化人に百冊近い献本もした。そうして反応を待った。

ところが、二、三週間経っても、地元のマスコミを含めなんの反応もなかった。書店の反応も鈍い。本がぴくりとも動かないのだ。石を洞穴に投げ込んで、音が吸い込まれたまま帰ってこない。そんな感じだった。

この国には、復刊本に対し書評をするという風土はないのだ、ということに気づいたときは遅かった。マスコミも、本がすぐ書店から消えるということを嘆いてみせても、それを生き返らせることがどれほどのリスクを負うことかということには、心を届かせてはくれない。

もちろんマスコミに八つ当たりするのは筋違いである。我々の「販売」についての詰めが甘かったのである。問題は、この本の新しい読者をいかに獲得するかにかかっている。好意的な評を書いてくれた雑誌もゼロではなかった。著者のフェアーを開いて下さる書店もでてきた。じわじわと動く気配を感じはじめた。苦戦を強いられるが、この本には力がある。時間をかけて売り続けて行くしかない。

制作環境は確かに良くなりつつある。しかし書店を含めての販売・読書環境は底なしに厳しく、激変の予感をはらんでいる。——と言いつつ、実はこりずに次の復刊も考えている。

（二〇〇〇年一月）

地方出版

七〇年代には、編集者の募集をするとたちどころに数十人が集まり、中には「給料はいくらでもいい、窓拭でもなんでもするから雇ってくれ」という熱狂的な人間までいた。今ではウソみたいな話だが、ああいう情熱は、コンピュータのブラックホールに吸い込まれていっているのだろうか。

現在、福岡市には、地元の専業出版社が八社ある。これはおもに単行本を出している出版社だが、情報誌の出版社を加えると十五社ぐらいになるだろうか。ちなみに全国の出版社の総数は約四千で、東京にそのうちの八割強が集中し大阪・京都で一割弱、残りが全国の地方都市に散在している。このことは、出版が都市型の業種であることを端的に示している。執筆や企画・編集は山の中でも出来ないことはないが、制作・流通の問題を抱えている以上、都市的機能に強く拘束されるということである。

ところで全国的に専業の地方出版社が生まれたのは、せいぜいこの二十五年である。それまでは、書店や印刷所の兼業か、篤志家や金持ちの息子の知的道楽に近いものだった。

七〇年代の地方出版社の増加は、「日本列島改造論」など、東京を中心とする資本・交通・情報の全国ネットワーク化による、地方都市の膨張（村の過疎）・均質化と見合っている。

言葉を換えれば、地方都市が出版社を持てるほどに消費市場として肥大し、そのことによって起こった全国金太郎アメ化や公害などの社会矛盾への抵抗感が、出版活動を促したわけである。いわば、上昇を続ける消費社会・工業化社会における同じ盾の二面性を、その出生の時から地方出版社は抱えていたのである。

八〇年代になり、さらに世の中が高度消費社会に突入すると、情報誌がそれまでの街のミニコミ誌を吸収して、都市の表層に躍りでてきた。いわゆるタウン情報にはじまり、就職、住宅、中古車、温泉情報誌が、ほぼこの十数年で九州の地方都市をおおいつくしていった。情報誌出版はその性格上、都市の属性としての側面を強く持たざるをえない。その本質は、サービスによる都市生活の効率化・均質化ともいえる。

地方出版社の役割は、その均質化に馴染まないものをいかにフォローしていくかという事にある。逆説的にいうと、時代の表層に対し「反時代的」であることが、スポンサーなしの地方出版社唯一の自由ということである。

本や雑誌がその土地や人とのかかわりの中で生み出されていく以上、出版活動はその街の性格や未来と無縁ではあり得ない。

周知のように、福岡の出版をリードしてきたのは、葦書房である。故久本三多氏のキャラクターもあって、筑豊や水俣、宮崎兄弟に夢野久作という、日本近代の影の領域にかかわる仕事で、全国的に高い評価を得てきた。その久本氏が、こういう言葉を遺している。

「この（疑似東京の）図式にうまくなじんで出版活動を続けていれば、食うには困らない。食うには困らないが、腹の虫が何故かおさまらない」

もちろん時代の流れに乗るのも、それなりの才覚が必要である。しかしこの言葉は、地方で何らかの出版活動を営むものが、一度は通過すべき苦さを含んだ言葉である。

（一九九五年十一月）

ＩＴ産業の現代的寓話
――『アマゾン・ドット・コムの光と影』を読む

小倉魚町に、読書人によく知られた金榮堂という書店があった。店のウインドウには、いつも推薦する書籍の一節が、無骨な手書きで張り出されており、棚には主人の見識で集められた本が有機的に並んでいた。金榮堂に行くと、求めようと思った本以外に何冊もの関心を惹く本を手に取らされた。この小さな書店を思い出したのは、『アマゾン・ドット・コムの光と影』（横田増生著・情報センター出版局）を読んだからだ。

アマゾンは、世界最大のオンライン書店として知られているが、創業者のジェフ・ベゾスが目指したのは、チェーン店や巨大書店ではなく、「小さな書店」だったという。一見矛盾する発想だが、実はそれこそがアマゾンの独創なのだと著者は言う。

つまり、日本のリアル書店は、これまで新刊の洪水に翻弄《ほんろう》され、顧客の求めるものを見極める余裕がなかった。ところがアマゾンは、顧客データをもとに読者の好みにあった需要を予測し、次の仕入れや商品開発にまでつなげている、ということである。

私たちが大型書店で本を買っても、書店員から貰うのは訳の分からぬチラシぐらい。しかしアマゾンの場合、一冊の本を購入すれば、「小さな書店」の顧客の好みを熟知した店主のように、さまざまな関連情報を提供して客の購買欲を刺激するという訳である。

これは、アマゾンの「顧客第一主義」といういわば光の部分である。ところが、光があれば影もある。著者は、元・物流業界紙編集長で、実はこの本、秘密主義で知られるアマゾンジャパンの物流センターへの潜入ルポである。その労働現場は、注文の本を一分間に三冊ピックアップすることがノルマの、徹底的にマニュアル化された、冬場でも暖房なしの空間である。過酷な条件に辞める人間も多いが、システム至上主義で、人間は次々と補充され、さらに時給は下がる。

人間味のある「小さな書店」を目指す巨大なＩＴビジネスは、徹底的に非人間的なシステムによって支えられているという、現代の寓話である。

（二〇〇五年六月）

メガ書店進出の陰で失われるもの

日本の出版界は、この十年で書籍の売り上げが一割落ちた。しかし出版点数は倍以上になっている。つまり一点当たりの売り上げ部数が激減したわけである。

少数のミリオンセラーの陰でおおかたの出版社が、売り上げが落ちた分を出版点数で稼ごうと、悪循環に陥っている。つまるところ破滅の先送りである。

書店は、毎年千店以上が廃業、十年で一万店以上が消失した。福岡天神をみれば、紀伊國屋、丸善、ジュンク堂という大書店が盤踞《ばんきょ》し、地元老舗書店に昔日の勢いはない。下町の書店や繁華街の老舗書店が衰退する中で、巨大書店が全国の地方都市に次々と「進駐」している。

十数年前の、いわゆる郊外店の出店ラッシュ時にも小型書店が消えていった。その郊外店も「売れ筋」を追求した結果、書店とは言い難い存在になりつつある。

そして今始まろうとしているのは、電子怪獣と化したメガゴジラならぬメガ書店同士の食いあいである。

先日、ある地方都市にできたメガ書店に寄った。印象がとても明るく軽やかである。隣のDVD売り場と何の違和感もない。東京で学生時代を過ごした知人は「ブックカバーとともに文化が来た」と言う。久々に繁華街にゆき、老舗の書店をさがすと、本店が無い！　近くにできた地元資本の大型書店をのぞくと、ここが新古書店とどっこいの照明。

地元で出版社を営む友人に話を聞くと、「大型書店ができると周りの小書店が十軒つぶれる」という。おまけに、大型書店で売れる部数も一点二十部だが、つぶれる十軒それぞれが二十部売ってくれていたので、痛手は大きいと憤る。この出版社は、土地に根ざした出版物を精力的に出版し、地元の小書店でこまめに売ってきた。

地方も中央もすべてが巨大な一極に集中し始めて三十年が過ぎた。日本中が、あたかも脳髄と動脈だけで末梢毛細血管のない奇妙な身体になりつつあるようだ。私たちはまだ気づいていないが、掛け替えのないものを失いつつあるように思える。

（二〇〇四年十月）

フリーペーパー

フリーペーパーが花盛りである。福岡は、東京、大阪に次いで発行点数が多いらしい。

フリーペーパーは広告主体にサービス情報をミックスした媒体だが、テレビ番組表を載せイベントや文化などの情報が充実するにつれ、老舗的な有料雑誌が休刊／廃刊に追い込まれるところまできた。要するに有料の情報誌を買わずともインターネットと無料《フリー》の情報誌で事足りる時勢になったということである。

そのフリーペーパーは、広告収入と配布方法が命である。無料にみえて、読者は代金を商品購入の際に広告料として払わされているわけで、視聴料無し《フリー》の民放を見ているのと同じと思った方がいい。

実は無料化の波は情報誌だけではない。イギリスでは一九九九年に発刊した無料の日刊新聞「メトロ」が、今では発行部数百万部に達しようとし、元祖スウェーデンの「メトロ」は、有料紙を抑えて国内最大の部数を誇るまでになっているという。無料日刊紙は、すでに世界十数カ国で出ているということなので、確実にメディアの新しい流れになりつつある。

東京で発行されている「Ｒ２５」というフリーペーパーがあるが、私が見たのは、週刊誌大で四十八ページ。二十五歳以上の男性をターゲットにした情報誌で、政治、経済からスポーツまでの記事をそれぞれコンパクトにまとめてある。駅構内のラックに置かれて、購買力のある（広告主の意向に沿う）サラリーマンの関心に的を絞っている。通勤時間内に読める分量で、ちょっと得した気分になる情報の新味と濃さがある。

他の無料誌とひと味違うのは、一見記事が広告から独立しているように見えて、しかも広告依頼が殺到しているということである。全国展開を考えているらしいので、早晩福岡にも現れるだろう。

これら隆盛するフリーのメディアを歓迎すべきかどうか。ただ忘れてならないのは、これらのメディアが、スポンサー（広告主）からは決してフリーではないということである。

（二〇〇五年九月）

装幀という作用

編集者が著者の作品をとりあげる産婆役だとすれば、その赤子にふさわしい衣裳を着せて世に出すのが装幀家の役割である。装幀家の毛利一枝さん（福岡市在住）にはこの十年仕事を依頼してきたが、装幀論らしきことを語り合ったことが一度だけある。その時、「装幀というのは、書物に〈浮力〉を与えるものだ」と言う私に対して彼女は、「私は〈磁力〉だと思う」と応えた。

今考えれば、この言葉の中に編集者と装幀家の、書物に対するスタンスが凝縮されているように思える。

読者は書店で書物を購入するとき、著者名とタイトルを確認し、さらに帯に目を通したあと目次やあとがきを読む。その読者が書物を手に取る瞬間に、装幀という作用が深く関わっている。そしてそれは、書物が「商品」から「作品」に表情を変える一瞬でもある。私は、書物というものは、著者（編集者）と読者にとっては「作品」だが、その流通過程（書店）では「商品」としての属性に強く縛られる、と考えている。そして、この「作品」と「商品」という書物のもつ二重性が、高度にデザイン化した消費社会の刺激を受けることによって、装幀家の役割の必要性を増してきた。つまり下世話にいうと、今や本は中身だけでは売れにくくなっているということである。

この二十年で、出版の中に占める装幀の位置は飛躍的に大きくなった。岩波文庫に表紙カバーがつき、あらゆる文庫本が一斉にカラフルになりだしたのもそう古いことではない。これは、出版界も高度消費社会の波に飲み込まれ、「本は畢竟《ひっきょう》中身だ」というオーソドックスな知への信頼が揺らぎ始めたこともあるが、装幀＝ブックデザインの世界に優れた才能が関心を持ち始めたことども無縁ではない。

話が少し横道にそれるが、最近東京の書店でぎょっとする光景に出会った。浜松町にあるその書店に入るなり、ネオンのように本の表紙が目に飛び込んできた。新刊台にはベストセラーが各々数百冊単位でディスプレイされているばかりでなく、横の棚にも新書判の同じ本が全て表紙を表にしてずらりと並んでいるのである。書物が個別に語りかけてくるのではなくマスとして迫ってくる。

もちろん最近の超大型書店はなべてこういう陳列傾向にある。しかしこの書店ではその徹底の仕方が強迫的ですらあった。今出版界ではことあるごとに「本が売れない」という話になり、ごく少数のミリオンセラーを除けば、大半の本は三千部以下の世界である。そんな中で巨大化した書店が、売れる本を集中的に売ろうとするのもまた抗《あらが》えぬ現実である。

そんな本の洪水の中で、一冊の本を読者に手渡すのは容易なことではない。そこでは、平面としての書物（テキスト）にのみこだわる編集者には手に負えない市場原理の世界が存在している。

小社で刊行した本で『ペシャワールにて』（中村哲著）という本がある。この本の初版の装幀は、私自身でやったのだが（編集者が装幀するのは珍しいことではない）、増補版からは毛利さんにお願いした。すると何が起こったか。本に〈浮力〉がついたのである。テキストが持つ力に加えてモノとしての書物に力が加わったのである。それは書物の「たたずまい」としての品位を失わず市場での存在感も併せ持つということである。

もちろん毛利さんが装幀家として関心を持つのは立体としての書物のデザインだけではない。彼女が〈磁力〉というとき、そこにはいわば装幀によって本の内部にある力を、外に向かって放射せしめる作用のことを言っているのだと思う。そのためには、著者とも編集者とも異なる、テキストに対するセンスや読解力が必要とされる。

毛利さんには、かつてマッチのデザインだけでも数百は手掛けたという商業デザイナーとしての職能だけではなく、イタリアをはじめとする彼女の異国体験に根ざす書物への深い愛がある。その独自の視線があってこそ書物は生き生きとした表情を備えることができる。彼女が、福岡にありながら、乞われて全国的な活躍の場を持つ由縁である。

今回彼女が装幀した書物の内の約二割、百点ほどの展示（「毛利一枝の仕事展」）を見て、個々の書物が発する艶やかなまでの磁場の世界に強く触発された。

（一九九九年十二月）

『極楽ガン病棟』出版前後

『極楽ガン病棟』の生原稿を初めて読んだとき、「これは化けるかもしれぬ」という予感がした。熊本の友人で、陶芸家の山幸《やまこう》から、「防府の叔母からおもしろい原稿が廻ってきた」という電話があり、「闘病記は腐るほどあるもんなあ〜」と思いつつ読み始めると、これがおもしろかった。闘病記がエンターテインメントしているのだ。そのおもしろさは、アル中闘病小説『今夜すべてのバーで』（中島らも）以来だった。

原稿は次々とコピーされて、ホスピス関係者の間でも回し読みされているという。特にM新聞宮崎支局の記者が乗り気で、M新聞の出版部とすでに交渉中でもあるという。

数日後にパキスタン行きを控えバタバタしていた私は、編集のナカツにも読んでもらい、坂口良さんの友人の中村順子さん（山幸の叔母）に出版依頼の手紙を出した。

帰国後、良さんから「他社でも検討中なのでちょっと待って欲しい」と手紙があった。この時、直感的に自社での出版を確信した。

さらに一月ほどして本人から「まだ出版の意志があるか」と電話があり、私は「喜んで」と答えた。

現れた良さんは、我々の予想をみごとに覆す風貌をしていた。『極楽ガン病棟』はポップで命がけのギャグにあふれているが、そのイラストには丸顔でとぼけ顔の主人公が描かれている。ところが現れたのは、頭を丸めて修行僧然とした長身の青年だった。フェイント攻撃にあってナカツの目でハートが点滅している。好みなのだ。

無口で緊張感をただよわせた良さんに、命がけの闘病体験をユーモラスなエンターテインメントに仕立ててしまう、強靭な精神力を感じて得心した。

本は一九九七年の四月末に出た。初刷り三千五百部。

出版前に、読売と毎日が大きく取り上げた。滑り出しは順調で、山口での営業には良さんもフジムラに同道し（小社には車がないので良さんに運転してもらった）書店も好意的だった。フジムラが「こういう本は今まで……」とごにょごにょ言うと、すかさず良さんが「これまでに全くなかった闘病記です」ときっぱりと営業。

ゲラを渡していた朝日新聞防府支局からも、夕刊一面に取り上げると連絡があった。

地元の西日本新聞がなかなか取り上げてくれないのでジリジリしていると、五月二十日の夕刊コラムに「極楽ガン病棟」のタイトルで、的確な紹介がでた。これでブレイクだ！　と予感。時を置かず問い合わせの電話が鳴りだした。よ〜しこれで増刷だ！

そして半信半疑だったが、六月三日の朝日新聞夕刊一面（西部版）に、上半分を使ってど〜んとカラーで出た！　見出しにでかく「極楽ガン病棟」とある。

「おいおい、こんなことして良いのかな⁉　一面だよ。よその版元だったら許せねえよなあ」とかいいながら、頬がゆるんでくる。市内の主要書店から百冊単位の注文が入り、口座のないトーハンも店売に五十冊置いてくれるという。市内の主要書店と山口でベストに入る。

在庫が切れると同時に、重版三千部が上がる。

順子さんより、良さんが再入院してあまり具合が良くないと連絡が入る。

翌日重版の本を持って、ナカツと山口県立中央病院にお見舞いに駆けつける。肺から水を出すドレーンをぶら下げて痛々しいが、気力は充実している。

「水がとれたら、必ず自分の足で放射線治療を受けに、歩いて行きますよ」

「第二弾を出しましょう」と言う言葉に、しっかり頷く。

「免疫力アップのためにも積極的に取材を受けます」

圧迫されたのどからふり絞る声に、逆に励まされる。

良さんがガンにならなければ、絶対に出会うことのなかった不思議な縁を思いながら、帰路に着いた。

＊

『極楽ガン病棟』の著者の坂口良さんを、陶芸家の友人山幸と防府市の県立中央病院に見舞ったのは昨年の八月三十日だった。中村順子さん、ミドリさんにも同行願った。それから一月もたたない九月の十日に良さんは亡くなった。見舞いの時、ずいぶん痩せてしまった良さんを見て、「大丈夫かな」と不安になったが、まさかこんなに早いとは考えていなかった。腕は枯れ木のように細くなっていたけれど、握手する手には力がこもっていた。この時期、地元テレビ局や「サンデー毎日」の取材も積極的に受けていた。

はじめて実家のある防府の向島を訪ねた。島と本土の間には橋が架けられていて、漁師町の雰囲気を色濃く残した海岸のすぐ近くに家はあった。良さんも先祖をたどれば、漁師かあるいは瀬戸内の海賊だったのではないかと思わせる気配があった。

柩の前で、お姉さんにお願いして、良さんの漫画を見せてもらうことにした。「エッチな漫画」を描いていることは知っていたが、それまで一度も見せてくれようとはしなかった。未発表の版下を開くと、いきなり女子高生が、○○○○○の練習をするためにソーセージをくわえ込んでいるシーンが目に飛び込んできた。さすが命がけのギャグをぶちかました男だ、と思いつつも柩の前で読むのはためらわれた。しかしこれも良さんの企みのうちかなと思いなおして、周りの目を気にしつつ、それまでのヤンキーものも併せて読了した。

「本ができあがったらビールで乾杯しましょう」と約束していたが、果たせないままになった。柩の前で缶ビールをいただきながら、最期の様子をお姉さんに伺う。

病状が急変したとき、恋人の舞子さんがちょうど見舞いに来ておられたそうで、彼女に見守られながら息を引きとられたという。霊安室では看護婦さん達のはからいで、しばらく二人だけにしてあげたという。生きようという意志を強烈に持ちながらの死であった。享年三十八歳。

その日は防府の町に一泊した。ビジネスホテルに着いたのは十時を過ぎていたが、そのままひとり部屋にいるのも落ち着かず、フロントに聞いて、街に出た。飲屋街を通り過ぎたはずれに、「おじやの店」と提灯のある二階の階段を上った。おかみさんがひとりで客はいない。焼酎一杯に、おじやをすすめられるままに食べて店を出た。歩いていると、アーケードの入り口にぽつんと屋台があった。ちょっと気になる映画のセットみたいな屋台で、日本酒を一杯飲んで引き揚げた。

翌日、残暑の厳しいなか行われた葬儀のあと向島を後にした。

お姉さんにお借りした良さんのノートは、八月二十九日で終わっている。

「息苦しくて、身体は動かない、夕方ちん痛剤を打ってもらう時、Ns（ナース）の手をつかんだら涙が出てきた。

姉も泣く、（泣くのは体にいいんだから）生まれて初めて姉と抱き合ってみた。涙止まらず」

と記して終わっている。

出会って一年足らず。良さんの病気のことを思えば予測できない事態ではなかったけれど、常に「死」と向き合っていた著者と、本を作りそれを読者に届けるということでしか関われなかった自分の間には、越えがたい距離があることだけを思い知らされるばかりだった。

通夜の席で初めてお会いした良さんのお母さんの、「良も本が出せて、人気者になって、喜んでおります」という言葉に、いくらか慰められるばかりだった。

亡くなったあとも、読者からのハガキは後を絶たない。

「関西や東京でも暴れて下さい」という良さんの言葉に励まされて、『極楽ガン病棟』を売り続けていこうと思う。

（一九九七年八月、一九九八年三月）

『身世打鈴』出版前後

たまに取材を受けることがあると、「どういう志で出版を行っているのか」という質問がでる。あるいは「おたくの編集理念は？」と問われる。

いちおう考えてみたことはあるが、やはりこれといった「志や理念」は見あたらない。そこで苦し紛れに答えることは、「うちの出版は、言ってみればスパイダー（蜘蛛）方式です」「えっ？」。「いや、クモが巣を張ってチョウチョやとんぼが飛んでくるのを待ってるようなモンです」

それでも怪訝な顔をされるので、

「まァ、生きてるとクモが巣を張るように人間関係が出来てきますよね。その網の目にかかってきた人の本を出すのです。それは縁と言ってもいいですが……だからスパイダー方式。たまに網が破れます」

べつに煙に巻くために言っているわけではない。結果的にそういうふうにしてうちの本は出来てきたな、と実感しているのである。

　さて、句集『身世打鈴《シンセタリョン》』の著者姜琪東《カンキドン》氏と知り合ったのは、石風社をはじめる直前だから十八年前になる。佐賀にわかの筑紫美主子さんの記念公演実行委にＴＶドキュメンタリストの木村栄文氏に誘われて、その席で初めてお会いした。氏は、ある企業の社長で、その公演の実質的な主催者だった。記念公演は、その後五年ごとに開かれたが、それが縁で酒席に声をかけて頂いたりしているうちに、氏が在日韓国人であることを知り（日頃は通名である）、遅れて加藤楸邨《しゅうそん》を師とする俳人であることを知った。

　お会いすると、いつもにこやかで一回り年下の若輩に対しても偉ぶるところは微塵もなかった。むしろ無邪気なほどに、私的なこともあっけらかんと話す人で、そのおもしろさに私などはあっさり警戒心を無くしてしまうのだった。

　もちろん氏は実業家であり、かなりシビアなビジネスの世界を生きている。業界での激しい競争があり、時として部下の裏切りもある。四国高知から中学を卒業して大阪に出、職を転々とした後釜ヶ崎でラーメンの屋台引きから叩き上げたひとである。しかしその苦渋を余人に見せることはなかった。

『身世打鈴』は昨年の十月に刊行したが、それまでにも幾度か氏から句集出版の相談は受けたことがあった。ある時は、短冊にした俳句を束にして事務所にみえたこともあった。寄せる潮のように句集を纏《まと》めたいという気持ちの高まりがあるようなのだが、それはしばらくすると退いていくように見えていた。

　今回は、氏が主催する「身世打鈴」というタイトルの芝居とコンサートと書の企画展に合わせて出版したいという、納期の差し迫った話だった。期間は正味二ヵ月もなく、『身世打鈴』の他に『姜琪東俳句集』という氏の俳句の集大成とも言うべき句集も頼まれた。

　下関にある印刷所まで、氏にも出張校正に同行してもらい、会期になんとか間にあった。装幀は毛利一枝さん。姜さんの指紋を黒地の表紙にデンと使ったインパクトのあるもので、ある予感を感じさせた。

　マスコミの反響は早かった。「東京新聞」（「中日新聞」）からはすぐに電話が入り著者宛の原稿依頼が来た。地元紙はもちろん、「日経」本社からは取材にみえた。年が明けて李恢成氏の熱い書評「無限抱擁のやさしさ」が「毎日」全国版に載り、大岡信氏の「折々のうた」にも「河豚の座の韓の悪口吾を知らず」が取り上げられた。「共同」の社会面でも配信された。句集としては異例の動きで、三千の初刷りを三ヵ月でほぼ売り切った。

　そして一月某日、「読売」本社学芸部から「読売文学賞」の最終候補に残ったので待機して欲しいと連絡が入った。なんだかおもしろ半分、著者と数人が小社事務所で酒を持ち寄って待つことしばし……連絡がないので中洲に流れた。あとで聞くと、大江健三郎氏が強く押して下さり有力だったとのことで、残念。

　話は前後するが、十月の「身世打鈴」の企画展の打ち上げの時、姜氏の句から喚起されたイメージを書にされた書家の岡本光平氏と偶然席が隣になった。
話すうちにいくつか共通の関心が重なり、氏が「千利休」についての原稿を雑誌に連載していたことを知った。その雑誌を姜さんからお借りして、後日読ませていただくことにした。なかなかスリリングな内容で、韓国の「草屋《チョガ》」や民俗等の綿密な調査を元に利休は渡来人ではないかということを暗示するものだった。

（一九九八年九月）

楽屋《がくや》落ち　――自費出版三題

自費出版でなければ出会えなかった人々や仕事がある。

ある時、中年の女性から電話があった。

「本を出したいんですが、……でも、普通の本じゃないんです」

とっさに私の第六感がひらめいた。

「それは霊界の話じゃありませんか」

「……ええ、わかりますか」

なぜ小社に決めたのかと尋ねると、地元の出版社数社の名前を札に書いて神様にお伺いをたてたところ、小社の名前を神が告げたという。アリガタイことである。

阪神大震災が起る四、五年前の話だが、この女性は神のお告げで地震が起ることを知り、消防庁へ電話を入れたという。だが、予告した日に地震は起らなかった。そこで女性は「恥を掻かされた」と神に抗議をした。すると神様は次のように答えたという。

「すまんすまん、天上界と地上界では時間の流れが違うのでな。場所や日時を間違うことはある。許せ許せ」

最近も神との対話を記した原稿や胎児期の記憶を基に文芸批評をやられる方からのお話があったが、私の能力を超えると、お断りした。

＊

次はバブル期の話である。夏も暑い盛り、小社にはクーラーもなく私は半ズボンをはいて仕事を、いやうたた寝をしていた。すると薬品会社の方が訪ねてこられた。金田一というお名前だった。金田一さんは、私の風体を見て不安そうだったが、意を決して話を切り出された。内容は、九州・沖縄地区の医学シンポジウムを後援しているが、その記録集をこれから毎年一冊出したいという。

「見積りを取ったんですが、東京だと七〇〇万円かかると言うんです。だけど福岡の印刷所だと八〇万で出来るというものですから……」

そのあまりの落差に困惑しているようで、正直な人だなあ、というのが当方の第一印象だった。

私は、持参されていた東京の医学編集プロの見積書を見せてもらった（この手の見積書の書き方を私は知らなかったのだ）。見積り項目は数十、それぞれの項目には一〇パーセントのオプションなるものがついて七〇〇万円。私は金田一さんに答えた。

「うちだと二〇〇万で出来ます」

いま思うと、これが小社をかすめたバブルというものだったのかもしれない。しかし金田一さんも剛毅《ごうき》である。ふとん屋の二階でクーラーもなく中年男が一人でやっている胡散臭い出版社に、よくぞ頼んだものだ。前金まで取られてさぞかし不安だったと思う。出来上がった記録集を見て金田一さんが放った第一声は、

「九州でも、こんなにちゃんと出来るんですね」

＊

そしてバブルがはじけた。

不動産屋を営む方から戦争体験記を出したいと連絡があった。お会いすると、小柄だが眼光鋭い初老の人物だった。四〇〇字詰めにして七〇〇枚、手作りの原稿用紙に小さな文字でびっしり書き込まれている。

会社に伺うと、もうひと方定年退職後という感じの地味な男性が働いていた。制作費の大半は、本が出来上がってから支払いたいという。バブル崩壊後の不動産屋、不安はよぎった。しかし戦記自体は悪くなかった。担架《たんか》兵としての自分の体験を残したいという執念に満ちた作品だった。こういう場合作品を信用するしかない。

本は出来上がった。Ａ５判上製三〇〇頁、千部を直ちに納品して請求書を添えた。

ところが約束の制作費をなかなか払ってくれない。払う意志がないわけではない。売上げ数万円を持って時々来社される。表情に本業がうまく行ってないことが見てとれた。そうこうして二ヵ

月ほど過ぎた。

そこで「一年かかってもいいので、可能な支払計画書を出して欲しい」と提案した。しかしこの計画書も何度も書き直されたあげく履行されない。そのうち本人と連絡が取れなくなった。電話すると事務の男性は出るが本人は居留守を使うのか出ない。そしてついに「入院した」という話になった。

たまりかねた私は、書留で手紙を書いた。この時点で未払い金が一七五万円あった。そして翌々日に会社に電話した。電話に出た男性は怪訝そうにこう言った。

「えっ、ご存じなかったんですか、社長は昨日亡くなりました」

「えっ」と言いたいのはこちらの方である。ともかく葬儀に出るしかない。冬の寒い日だった。さてさてどうしたものかと知り合いの弁護士さんに相談してみた。

「本を取り戻して売るしかないね。それも他の債権者に押さえられてなければの話だけど」

万事休すである。しかし、初七日が過ぎた頃、奥さんから電話があった。私の書留を読まれたらしく恐縮されていた。とにかく一度会いましょうということになった。

奥さんの申し出は、「主人の本をあらためて読みました。未払い分は本を売ってお支払いしたいと思いますので、しばらく時間を下さい」というものだった。それから毎月、月末には売上を持って奥さんは来社された。そしてほぼ一年後に未払い金は完済された。

奥さんは私よりやや年下、再婚で亡夫の著者とは親子ほどの歳の差があった。全国戦友会誌に戦記購入依頼のニュースが流れ、ついでに奥さんの年齢が出たために、老人たちからさまざまな反響や誘いがあったという。が、それはまた別の話。

ところでこの話はここで終わらなかった。完済後更に一年ぐらいして年配の男性から電話がかかってきた。

「自分史を出したいので相談に乗ってくれませんか」

それは、あの不動産屋に勤めていた地味な人だったのである。

（二〇〇一年八月）

挑発する友

福岡市にある図書出版葦書房の社長、久本三多氏が、八日午後二時四十分、肝不全で亡くなった。四十八歳だった。

葦書房の名についてはご存知の方も多いことと思う。というより、九州にあって、全国的にその名が知られているほとんど唯一の「地方出版社」が葦書房である。もちろん名前だけではない。これまでの出版点数一千点以上、年間刊行点数七十点という数字は、ある意味では驚くべき数であると同時に、その守備範囲は、思想・評論・歴史から山や薬草のガイドブックまで、総合出版社なみの幅広いジャンルを押さえている。

出版目録からそのタイトルを任意に挙げてゆくだけでも、日本近代の逆説の構造を解明する『日本コミューン主義の系譜』や『宮崎兄弟伝』、ベストセラーになった『西鉄ライオンズ』や『ユニードは何故ダイエーに敗れたか』、更には『マイカーで行く九州の山歩き』等のガイドブックと、それぞれのジャンルの読者にとっての葦書房は、それぞれ異なる顔と意味を持って存在していると思われる。

しかし、ひとたびその焦点を久本三多という人物に絞れば、そこには自ら一冊の分厚い画集が現れてくる。それは故山本作兵衛翁の『筑豊炭坑繪巻』である。

葦書房の創立は一九七〇年、すでに二十五年の歴史を持つが、まだ二十代の半ばだった久本氏は、この一冊の画集を持って本格的な出版のスタートを切った。長崎大学の経済学部を出て、教科書会社に一年、航空会社一年のキャリアしかない青年にとって、それはあまりに無謀な船出だったと言えるが、それだけこの「近代日本の暗渠《あんきょ》ともいうべき筑豊」から生み出された元坑夫の魔力は、強烈だったと言える。

久本氏は、この一千枚を超える壮大なヤマの絵に初めて接した時のことを「身震いするような衝撃」が走ったと記した後「私は即座に出版を決意した。資金はなかったが、できるだけぜいたくに作りたいと思った」と興奮気味に書いている。出版人にとっての至福の一瞬である。と同時に元手を持たぬ博奕《ばくち》打ちのように、自分の体だけを担保に勝負にのめり込んでゆく、自己放棄的でスリリングな一瞬でもある。

通常、こういう勝負の勝目は薄い。しかし『筑豊炭坑繪巻』は「地の底の民から近代百年史への逆照射」として大きな反響を呼び、版を重ね、葦書房は、この一冊を持って全国的にもデビューすることになった。

その後は、主に九州に在住する作家や批評家の根底的な仕事、石牟礼道子・渡辺京二・松浦豊敏氏が編集した雑誌『暗河《くらごう》』の刊行、それらに続いて、『夢野久作著作集』、『写真万葉録・筑豊』、『宮崎兄弟伝』、「玄洋社関係」の史料等と一寸先は闇の坑道をカンテラ一つ下げて掘り進む一坑夫のように、己の勘だけをたよりに〈近代〉の闇の鉱脈を掘りつづけた。

久本さんが四十八歳という若すぎる歳で逝ったことを思う時、彼が近代という廣野の中に地雷のように埋められた「タブー」に挑みつづけたことを思う時、その「至福」と共に余りにも大きかった「リスク」に思い至らざるを得ない。

久本さんとのつきあいは、私が葦書房に勤めた七年半を含めて二十年になる。ひたすらサケを飲むばかりでろくな議論もしなかったが、少年のようにバランスを欠いて挑発的で頑《かたく》な久本さんは、シャイで魅力的だった。口べたなようにみせたが、一筋縄ではいかない人だった。

ずいぶん前のことだが、自分の「三多」という名が「多く読み、多く書き、多く推敲する」という中国の詩文に由来することを、照れながら話してくれたことがあった。

あまりにも早すぎたその死を無念に思うとともに、彼はその名のように、充分に多くを生きたのかも知れぬという気持ちも湧いてくる。

そうであって欲しいと思う。

（通夜の深更に記す）

（一九九四年六月）

久本三多追悼集に寄せて

いとおしむようにハーモニカを吹いている男がいる。その瞳は哀しげでもあり、深い決意を秘めているようにもみえる。表紙カバーに刷られたその写真の横に、大きく「久本三多」とハク押しされ、その肩には〝ひとと仕事〟と印されている。

ひとりの出版人が亡くなり一年が過ぎ、一冊の追悼集が刊行された。氏の遺稿五十頁と五十人の友人・知人の追悼文からなる二百七十六頁の本書は、不思議な熱を発している。

葦書房の社長だった久本氏については、説明を要しないと思うが、四十八歳の生涯としてはけっして多くない文章ながら、都市に対する感懐と自らの業である出版について、必要なことはすべて言い切っている。

その無駄のなさはほとんど倫理的ですらあり、文章の底を流れる通奏低音は一貫している。それはあらゆる闇を駆逐《くちく》し、表層ばかりがきらびやかになった高度消費社会への、異和と嫌悪である。「飲んで酔いつぶれるか、ひたすら醒めて何かを待つか、二つに一つである」と記しているが、この拒否感はイデオロギッシュではなく、むしろ生理的である。

　久本さんの時代に対する苛立ちを考えるとき、月並みながら彼の生い立ちに思いを致さざるを得ない。

　彼は生後数カ月で、戦後間もない長崎のオルト邸に移り住んでいる。信じられないことだが、今では観光ギャルが情報誌片手に訪れる、国の重要文化財に彼の一家は住んでいたのである。彼に言わせると、邸は「敗戦によって断ち切られたそれぞれの生をのせて船出した船のよう」であり「ていのいいスラム」だったという。

　原爆の惨禍をまぬがれたものの、ほとんどスラムと化したオルト邸に難民のように住みつき、長崎港を見下ろす高台から日本造船業の盛衰を少年の目で眺めくらした男に、廃墟の風がまとわりつかぬはずはない。そういう男の目に、現在の都市のきらびやかさがどのように映ったか、想像がつくというものである。

　彼は古風というよりは、今の時代とどこか時間軸がずれたような感覚と風貌をもっていたが、だからといって決して世捨て人のように生きたわけではない。出版人として充分すぎるほどの世俗を生きたのである。

　九州において、疑似東京の図式が福岡を中心に完成したかに見えるとき、「この図式にうまくなじんで出版活動を続けていれば、食うには困らない。食うには困らないが、腹の虫は何故かおさまらない」

という男にとって、日々は悪戦苦闘の連続だったはずだ。

この追悼集には、創業期からの彼の苦闘を知る、石牟礼道子、森崎和江氏から沼正三の代理人天野哲夫氏まで、著者や編集者、友人が原稿を寄せている。もとより思い半ばで逝った氏への痛切な愛惜の情にあふれたものばかりだが、一筋縄ではいかなかった氏の人格に呼応して、アナーキーな気分も横溢している。

顰蹙《ひんしゅく》を恐れずに言えば、おもしろいのである。それぞれが久本三多という幻を相手にシャドウボクシングを戦っているように見える。うまくボディに入る場合もあれば、形にこだわって力んでしまうものもある。

なかでも葦書房の看板である『筑豊炭坑繪巻』の刊行をめぐる、画家の菊畑茂久馬氏とテレビ・ドキュメンタリストの木村栄文氏の食い違いなどは大変興味深い。どちらの文章が事実か、などということではない（私にはどちらも本当に思えた）。それはお二人にかぎらず、人の記憶というのは、それぞれ自分の「物語」としてインプットされているのだ、ということを示している。そしてそれぞれの「物語」の食い違いの中にこそ、何か大事なものがひそんでいる。

本書を通読すると、久本三多という人物の魅力も、出版人としての器量も、一見矛盾をはらんだように見えるその人柄にあったのだということがわかる。

本書の中に、何か遠くをみるようにしてぼんやりとしている久本さんのことを、三人の方が記されている。私もどこか悲しげな彼の視線の行方が、今でも気になってしかたがない。

（一九九五年六月）

葦書房社長の解任に思う

悪夢である。九月三十日（二〇〇二年）、葦書房社長の三原浩良氏が解任され、全社員が退社するということは、事前に知らされていたとはいえ、悪夢を見ているとしか思えなかった。

新聞報道では、解任の理由を二つ挙げている。

ひとつは経営悪化の責任であり、ひとつは出版傾向が「反近代」に偏りすぎている、というものである。いくらか実情を知る者からすれば、二つの理由とも笑止である。

経営の悪化の問題でいえば、三原氏の業績はむしろ葦書房中興の祖として賞賛されはしても責任をとらされるようなものではない。厳しい出版業界の中で八年間黒字経営を維持したという業績ではない。三原氏がいなければ、あの『水俣病資料集』の刊行や渡辺京二氏の『逝きし世の面影』をはじめとする一連の評論集の刊行はなかったであろう。

これは新社長の言う「反近代」などという言辞で一括りできるような作品ではなく、近代そのものを深く問い直す作品群であり、これは明らかに故久本三多氏の遺志を継ぐものである。三原氏の社長としての「徳」について言及すれば、この八年間葦書房を辞める社員がほとんどなかったことを見れば瞭然であろう。

八年前、死の床にある久本氏から、三原氏が火だるま状態の葦書房の後事を託された経緯については詳しく述べない。ただ私が断言できることは、三原氏が引き受けなければ、葦書房は早晩消滅していたということである。

私がこの稿で述べたいのは、三原氏の功を讃えることではない。三原氏が久本氏の遺志を引き継ぎ内外の敵と戦いながら維持してきた葦書房の火を、この悪夢の中で絶やしてはならないということである。

今回の事態は、喩えて言えば走行中の車にいきなり車のオーナーを称する人物が運転を代われと乗り出してきたようなものである。

葦書房の存在は、直接かかわった者たちが考えている以上に重い。全国の地方出版を営む者があるべき指標として目指し、あるいは商業主義に流れる日本の出版界を、その本質的な仕事で批評し続けた葦の存在は、私利私欲によって潰されてはならないのだ。

私が腹の底から理解できないのは、三原氏の解任劇もそうだが、葦書房の社員たちが自分たちの存在をかけてこの理不尽と闘わないことである。酔った久本氏の口癖が、「闘え！　闘え！　闘え！」だったことを私は今でも鮮明に覚えている。

（二〇〇二年十月）

編集稼業三十年

1

十年前、小社の出版活動に対して「地方からの情報発信」を強調するテレビのインタビュアーに、私はこう答えている。

地方にこそ真実がある、と言いつのるのはまやかしだと思う。東京には、地方対東京という図式を越えて、高度消費社会の国際的前線都市としての意味もおもしろさもある（また江戸という伝統もある）。ただそのことを認めた上で言うのだが、自分たちは川の底に棲むドジョウやナマズのようなものだから、東京を中心とする時代の表層の波動が伝わってくるのに時間がかかる。その分、地方にいると表面で右往左往する必要がないので、かえって生きやすいということはある。小社の場合、いわゆる「郷土もの」はほとんど出版していないが、福岡の地にあったからこそ出版できた本はたくさんある。
さらにその一年後（一九九五年）に、私は次のように記している。

全国的に専業の地方出版社が生まれたのは、せいぜいこの二十五年である。それまでは、書店や印刷所の兼業か、篤志家や金持ちの息子の知的道楽に近いものだった。

七〇年代の地方出版社の増加は、「日本列島改造論」など、東京を中心とする資本・交通・情報の全国ネットワーク化による、地方都市の膨張（村の過疎）・均質化と見合っている。

言葉を換えれば、地方都市が出版社を持てるほどに消費市場として肥大し、そのことによって起こった全国金太郎アメ化や公害などの社会矛盾への抵抗感が、出版活動を促したわけである。いわば、上昇を続ける消費社会・工業化社会における同じ盾の二面性を、その出生の時から地方出版社は抱えていたのである。

八〇年代になり、さらに世の中が高度消費社会に突入すると、情報誌がそれまでの街のミニコミ誌を吸収して、都市の表層に躍りでてきた。いわゆるタウン情報にはじまり、就職、住宅、中古車、温泉情報誌が、ほぼこの十数年で九州の地方都市をおおいつくしていった。情報誌出版はその性格上、都市の属性としての側面を強く持たざるをえない。その本質は、サービスによる都市生活の効率化・均質化ともいえる。

地方出版社の役割は、その均質化に馴染まないものをいかにフォローしていくかという事にある。逆説的にいうと、時代の表層に対し「反時代的」であることが、スポンサーなしの地方出版社唯一の自由ということである。

2

与えられたテーマは「地方出版論」ということだが、先に記したような地方出版を巡る状況認識はあっても、殊更《ことさら》な出版理念は持ち合わせていない。そこで、一九八一年の石風社創業を節目に、それまでとそれ以降、私が何を考え何をやってきたのかを振り返ることで、それらしいことを述べてみることにしたい。

八一年に石風社を創業する前は葦書房（福岡市）に七年半勤めていた。それ以前は熊本市にいて、アルバイトで喰いつなぎながら、『暗河《くらごう》』の編集を手伝っていた。『暗河』は、石牟礼道子・渡辺京二・松浦豊敏の三氏を責任編集者として、水俣病闘争で培われた人間関係のなかから生み出された季刊雑誌だった。タイトルは、私が松浦氏の著作からとり発売元は葦書房になっていた。この熊本の『暗河』の頃がいわば私の編集修行時代で、責任編集者の三氏からさまざまなことを学んだ。今でも心に残っているのは、渡辺京二氏に教えられたことで、「世界は広い。ものごとは、虚心に考えろ」ということだった。石牟礼氏からは、「ひとは幻なしには生きてゆけない」ということを学び、松浦氏からは、「ひとの生きる姿勢」を教えられたように思う。『暗河』は一応全国向けの文芸思想誌だったが、私はこの雑誌の編集実務を通して、編集のイロハを学んだ。

『暗河』以前の大学時代も熊本市で過ごしたのだが、一年の三分の一は天草の海の上というヨット部に所属していた。一九六八年の冬、シーズンオフの時期、大学との大衆団交の会場にふと足を踏み入れたのが、マトモな人生のレールを踏み外す第一歩だった。時は学園紛争のまっただなか、大衆団交の席から大学側がドクターストップを理由に逃げ出してしまい、すわストライキということになった。居合わせたばかりに、成りゆきでリーダーの一人になってしまったというわけである。

　中学生の頃から政治には無関心ではなかったが、「政治的」なものは生理的に嫌いだった。もちろん大学生になっても、どのような党派にも関心を持てなかった。初期の全共闘組織というのは、そういうノンポリティカル・ノンセクトの学生が主導権を持ってしまう不思議な組織形態であった。当時のスローガンは「大学の自治／大学解体」と勇ましかったが、今考えると、七〇年代から始まる市民社会の大衆化・均質化への、身を以ってする抗《あらが》いであったと思う。

「騒動」は一年足らずで終結するのだが、私はいわば帰るべき場所を失ってしまっていた。もともと学生運動的な熱狂が肌に合わず、カセットテープが回るように吐き出されるアジテーションなど人の心に届くはずがないと考える、場違いなリーダーではあった。おおかたの学生が、就職活動という日常に帰路を見出し、先鋭化した者たちが政治の迷路に踏み込む中で、私は宙吊りのまま彷徨《さまよ》っていた。

3

その宙吊りの時期、私は大学の内外で、浅川マキ（後にマキのエッセイ集『こんな風に過ぎて行くのなら』を出すことになるなど知る由もなかった）や山下洋輔のコンサート、アングラ芝居の黒テントの興行などを打っていた。そして同じ頃「水俣病」に出会うのである。そのことによって、私は人生のレールをさらに踏み外すことになる。

一九七〇年五月二十五日、東京の厚生省に水俣病患者の遺影を掲げた集団がデモをかけ、その隙をついて十人ほどの男たちが厚生省の一室を占拠した。国に対してチッソ（株）を訴えた「訴訟派」の患者とは別に、チッソとの調停を厚生省に一任する「一任派」の患者に対する調停案の提示がその日なされようとしていた。その額、死者に対しわずか四百万円。男たちは実力でそれを阻止しようとして逮捕されたのである。その中に私もいたのだが、デモ隊の中には石牟礼道子氏（後に小社から詩集『はにかみの国』出版）があり、逮捕者の中に、記録映画作家土本典昭氏（後に小社から『アフガニスタンの秘宝たち』出版）があり、豊田伸治氏（後に氏の編集で『井上岩夫著作集』出版）がいた。逮捕こそ免れたが、小社の『水俣病事件と法』（富樫貞夫）を編集することになる有馬澄夫氏もいた。（＊その後、同じく逮捕された渡辺京二氏の『細部にやどる夢――私と西洋文学』と、占拠に関わった松浦豊敏氏の『越南ルート』を出版した）。

私の水俣病との出会いは逮捕から始まったが、その後たびたび水俣を訪れることになり、患者宅に住み込み漁師の手伝いも経験することになる。朝五時過ぎに起きてエンジンを起こし、奥さんや網子の人たちと漁に出て、帰ると水俣病のおばあさんと裏山で一日畑仕事をする。昼飯は太刀魚を枯れ草で焼き、夕方はボラ籠にかかったボラをあげて、そのあと子供達をゴエモン風呂に入れ、飯を喰って焼酎をなめて寝る、という生活だった。私にとっての「水俣」は、運動や闘争としてではなく、世界の基底部に生きる庶民の暮らしの内側を、垣間見る体験であったといえる。振り返れば、熊本・水俣での体験や人間関係が、私の出版活動のコアになっているといえる。

4

一九七四年、『暗河』が縁で履歴書も面接もなしに葦書房に入社することになり熊本市から福岡市に移った。葦書房時代は、私の生涯で一番の酒びたりの時期で、社長だった故久本三多氏と連日飲んだくれていた。結局、私は葦書房の看板になるような仕事は何一つしていないのだが、『暗河』の編集後記には、「やるべきは、個別の風土に根ざした、普遍的で世界史的レベルの仕事である」というような、エラソウなことを記した記憶がある。

当時、葦書房の周りには、画家や記録作家など魅力的な人物があふれていて、そういう方々から焼酎を飲みつつ伺う話は楽しかった。久本さんに学んだことは、作品と著者に対するある種の嗅覚と勘である。編集の技術などは教えてくれなかったが、反面教師としたことは、人を増やし過ぎて余計な仕事を抱え込まない、ということであった。

ろくな仕事もせずに、焼酎ばかり喰らっていると、脳細胞が破壊されるだけでなく、何かが澱《おり》のように溜まりはじめていた。葦書房に入って七年目、私は一人の不思議な老人に出会った。老人の家へはある画家に連れていかれたのだが、福岡市郊外にある広大な庭は巨大な石でびっしりと覆われていた。石は数十年かけて老人が独力で敷き詰めたものだったが、石庭風ではなく、それは巨大な爬虫類の背中のようでもあるし、大洪水が家を飲み込みそのまま凍り付きひび割れたようでもあった。老人は呆然とする私に、微笑みながら「これは作品じゃなかもんな」と言った。その夜老人の家族は、家にまで侵入した石を積み続けるために家を解体するかどうか、議論していた。(この家は後に解体された)。

私の中で何かが壊れた。

5

老人と出会って数カ月後に私は葦書房を辞職した。葦書房を辞める時、私になにか志や見通しがあったかというと、そういうものは全くなかった。というより、車の免許もない身ゆえ、本を作ること以外、他にできることがなかった。とりあえず木造二階、一階は布団屋というボロ屋を事務所にすることにした。一九八一年十月のことである。中古屋で買ったスチールのデスク一式と一本の電話、出すべき本の一冊もない、それだけでの出発だった。

仕事は、ある労組の月刊機関紙の割付だけで、とにかく暇だった。音ぐらいないと寂しいと買ってきた中古のラジカセからは、今は亡き松田優作のブルースが繰り返し流れていた。冬はようやく買えたストーブで凌《しの》ぎ、春は平和台（舞鶴公園）でたんぽぽやノビルなど摘んで野草酒をつくり、あとは昼寝ばかりしていた。半年ばかり過ぎてぼつぼつと小さな仕事が入りはじめ、パンフレット作りからようやく自費出版の依頼が舞い込むのに二、三年が経過した。仕事のための営業は全くやらなかったが、芝居の興行やコンサートに個展の企画などで、幾らか世間と繋がっていた。そんなふうで初めの五、六年は自費出版物を細々と作る「ひとり編集プロダクション」のようなもので、今考えてもよくぞ失速しなかったものだと思う。

一九八三年の十月、詩人の友人と語らい、「石風社レクチャー」を始めた。第一回は阿部謹也氏の「死者の社会史」。以後十年間にわたって毎年続けられるが、網野善彦氏、山折哲雄氏、波平恵美子氏などにもお願いした。レクチャーが作品として結実するのは、阿部謹也氏の『ヨーロッパを読む』だけだが、これとて十二年かかっている。現在では、「石風社レクチャー」は「石風亭寄席」と名を変え、比較的若い研究者の話を聞く会になった。昨年は九大の出水薫助教授に北朝鮮問題について解説してもらい、番外編としては、チョムスキーの講演記録映画上映と浅川マキのコンサートを催した。

6

小社の柱といえば、アフガニスタン関係の出版物ということになる。これまで二十冊ほど出版したが、主には、中村哲氏と甲斐大策氏の著作である。なかでもアフガニスタン・パキスタンで医療活動を続け、現在大規模な灌漑事業まで手掛ける医師中村哲氏との出会いが、小社のその後を決めたといえる。最初の著作『ペシャワールにて』を出版したのが一九八八年、以後『辺境で診る辺境から見る』まで氏の著作五冊を出している。

二〇〇一年に出版した『医者井戸を掘る』は三万五千部ほど読まれ、中村医師の存在と相まって、「正義のアメリカ対悪のタリバーン」という、日本を含めた国際社会が作り出した虚構のシナリオに対する強力なカウンターになった。というだけでなく、イラク報道を含めて、心ある人々がマスメディアに対する批評の目を獲得する契機になりえたのではないかと思っている。また、中上健次氏が絶賛した甲斐大策氏の『生命の風物語』や『シャリマール』等で描かれた世界は、アフガニスタンを深く理解するためには不可欠の作品となった。

中村医師との出会いについては、他でも書いているのでここでは触れないが、私自身がパキスタン・アフガニスタンにたびたび出向くことになるとは、創業の頃は想像もできないことだった。小社はこの十年来同じスタッフ三人の出版社だが、中村医師の著書を出すことを契機に、出版業とパキスタン・アフガニスタンでの事業へのコミットという、二つの軸を持たざるをえなくなってきた。

もちろん、アフガニスタン関係以外にも絵本、詩集、児童書、歴史、ノンフィクションなどのジャンルの書籍も出版している。ただ、地方にありながらガイドブックや郷土本の出版は皆無に近い。これは私が、人との「縁」で本を作ってきた結果そうなったということである。

少し流通の問題に触れると、小社の取次は地方・小出版流通センターがメインで、日本地図共販と日販九州支店に注文専用口座がある。基本的に注文なので返品も少ない（『医者井戸を掘る』は返品率一パーセント以下）。新刊委託は福岡市の主要書店にいくらかあるが、全国の書店店頭で読者の眼に触れる機会は極めて少ない。広告も西日本地域では打つものの、書評が唯一頼みである。大半が初刷二千から二千五百部なので、それを二〜三年で売ってゆき、重版が何点かあれば良い、というスタンスである。デフレと技術革新のせいか、印刷代が下がり、昔よりは初版・重版ともこまめに刷り部数を設定できるようになったことが有り難い。

福岡で編集稼業を始めて三十年になるが、自分で積極的に企画をたて著者を発掘するということでは、私は編集者と言えるのかどうか。これまでの出版物を見ると、いわば人との縁で出来上がってきたものが大半だからである。

最後に、これまで漠然と考えてきた私の願望を述べて、この稿を終えたい。

一、既成の観念に囚われない本を出す。

一、「情報」ではなく「思考」を促す本を出す。

一、できるだけ無名の著者の本を出す。
一、可能な限り少人数で続ける。
一、余力を持つ。
そして、それで飯を喰う。

（二〇〇四年四月）

編集稼業四十年　――活版からデジタルへ

1

「志も見通しもなく」出版を始めたと前に書いたが、雑誌編集の見習い期間を含めると、すでに四十年の間編集と出版に関わってきたことになる。石風社を始めたのが一九八一年の十月だから、創業からは三十年が過ぎたわけだ。「編集稼業三十年」で、創業期のことや出版物のことには触れているので、今回は編集、出版を巡る技術的なことに軸足を置いて記してみたい。

私が編集を覚え始めた一九七〇年代は、活版印刷がその最盛期を終《お》えんとする時期だった。まだ印刷所の現場は、文選工や植字工などインクにまみれた職人さんの世界で、鉛活字の組版を入れたゲラ盆で校正刷りを出していた。校正刷り（ゲラ）の活字が、ゲタを履《は》いたり逆さまだったりしたのも、今は昔の話だが、まだ活字にブツとしての質感があった。写真も版画の感覚で組版にはめ込まれていたので、簡単に縮小拡大ができなかった。それだけに校正が出る前の、版面《はんづら》の指定や文字数をきっちりと数えてのレイアウトにも神経を使い、校正も頁が移動しないよう字数を合わせるのに苦労した。原稿は手書きの時代なので、著者の中には、初校が出てはじめて原稿の推敲《すいこう》を始める人も多く、五校、六校でゲラを真っ赤にしてくる、編集者・印刷所泣かせの猛者もいた。特に大学研究者の「紀要」に、それが多かった。ある著名な作家が、校正の直しが多すぎたので、印税から組み直し料金を差し引かれたという話もあった。（ちなみにゲラとはGalley Proofからきている。）

活字が逆立ちしていたことでは、忘れられない思い出がある。

ある時、一冊だけ詩集をつくって欲しいという女性が訪ねて来られた。制作費は前金で払うという。清楚な人で、内容も情緒を押さえたいい詩集だった。一冊つくるのも百冊つくるのも、制作費はそう変わらないと一応説得した。当方も丹誠込めてつくり、美しく仕上がったと喜んでもらえた。ところがやはり一冊だけでいいから残りの九十九冊は処分してくれとのことだった。しばらくして、処分しようと何気なく頁をめくると、一字だけ活字が逆立ちしていたのである。真っ青になった私は、その女性に知らせようとしたが、なぜか連絡がとれなくなっていた。いまだにあの活字は逆立ちしたままである。

八〇年代になると写植（写真植字）が幅をきかせ始めた。若い写植オペレーターの登場とともに印刷所の作業空間が明るくこぎれいになり、老いた職人さんたちが退場していった。初期の写植文字は存在感が希薄で文字としての味が薄かった。駆け出し編集者としての気負いもあり「書籍の文字は活字でなきゃ」と抵抗を試みたものの、あっけなく写植印刷に制覇されてしまった。その後のデジタル化のスピードはご存知の通りで、ちょうどバブル経済全盛とその凋落の時期とも重なり、押し寄せる広告関係の仕事をさばくために数百万円の機械を購入した写植屋さんが、パソコンの普及で職を失うのもあっという間だった。このとき「最新のテクノロジーほどすぐに古びる」という真理を、私は胆に銘じたのである。（裁判所の周辺にあった、訴状専門の和文タイプ屋さんもパソコンで絶滅した）。

小社で、ワープロやパソコンを購入したのは九〇年代に入ってからだが、初めのうちこそ、社内のスタッフに「データ入力は編集者の仕事じゃない、それは印刷所に任すべきだ」と言っていたが、著者からの原稿もデータで入稿されるようになった。若いスタッフが操作をマスターするのも速く、新聞広告の版下製作など、それまで写植屋に依頼していた作業を全て社内でこなせるようになった。写植の切り貼りの面倒もなくなり、パソコンも次々と新しくなっていった。慣れというのは恐ろしいもので、私自身が、パソコンでの入力に何の抵抗もなくなってしまった。ともあれ活版から写植を経てデジタルまでを経験した出版人としては、私などが現役最後の世代かもしれない。

この間校正の直しが簡便になったことや著者原稿の大半がデータ入稿になったこともあるが、デジタル化のメリットは、ローカルな問題ながら重版（増刷）が容易になったことである。福岡では、活版の時代には重版のための紙型がとれず（版をしばらくの間置いたり、清《きよ》刷りをとったりしていた）、写植の時代になってもフイルムの保存が面倒だったのである。ところが今ではデジタル・データさえあれば、いつでもどこでも印刷・増刷が可能になった。

福岡で出版をやることのハードルはそれだけではなかった。東京と格差のある流通問題もそうだが、大きなネックになっていたのはハードカバーの製本代である。印刷費用と印刷技術は東京と大差ないのに、ハードカバー（上製本）の製本代金が東京の二〜三倍はする。これが初版・重版の部数を制約する。つまり東京なら千部の初版や五百部の重版で原価計算が成り立つのに、福岡だと製本代金の定価に占める率が高く、初版を最低二千部刷らないとノーマルな定価設定ができないのだ。ところがデータさえ送れば東京での印刷・製本が安価にこまめに出来るようになった。この数年、小社のハードカバー書籍は東京での制作比率が高くなりつつある。

2

今述べたのは、出版をめぐるいわばハード（制作）面の変遷である。流通・販売の面はどうか。小社の場合流通（取次）については、地方・小出版流通センターをメインに大手取次の注文品専用の口座がある。三十年前は、東京中心の流通システムに対する地方出版社の不利益を嘆く声が渦巻いていたが、最近そんな不満は表向きには聞こえてこない。取引条件など格差は残っているが、つまるところ本そのもので勝負するしかないと、それぞれが現状を受け止めて成熟した（諦めた）ということかもしれない。

販売については、取次を経由しての書店販売と読者への直販が主だったが、この数年アマゾンや大手書店のネット販売の比率が増えている。小社の場合原則注文扱いで、委託販売（返品自由の委託）をしない。それで書評が出ても書店店頭に現物がないことが多い。最近では、それをネットの通販がいくらか補ってくれている。ただアマゾンの場合、理由もなく在庫切れと表示されることもあるので、混乱することもある。読者がそれを版元の在庫情報と受け止めるからだ。顧客の嗜好を細かくキャッチする最新のビジネス・システムの割には、モノは動いているのにすぐに在庫切れにして売り逃がしてしまうことがある。当方からダイレクトに情報を伝える回路もなく、開かれているようで閉じているという理解に苦しむ面もある。読者だけでなく、版元の情報にもネットを張って欲しい。

書店については、下町の書店や老舗書店が力を失い、郊外店の乱立の後、いわゆるナショナルチェーンの書店がそれらを飲み込んで、無差別級同士の争奪戦となっている。この二十年で一万を超える書店が閉じたものの、売り場面積トータルとしては増床している。まさに弱肉強食の世界である。正直なところ、小社の場合でも、書店売り上げのかなりの部分を数社の大型書店が占めている。しかし知名度が低く委託販売もしない版元の本は、書店の大小に関わらず書店担当者の琴線に触れねば、注文の回路も棚も確保できないし、補充注文もない。営業の専従担当者のいない小社の場合、東京の販促エージェントに書店営業の一部を委託するとともに、編集者が可能な限り直接出かけるようにしている。広告については力量ぎりぎりで出稿しているが、読者・書評者が関心を持つ本を企画し、読者の足を書店へ促したい。

3

書籍・雑誌の総売り上げは一九九七年の二兆六千億円がピークで、現在二兆円を切っている。なかでも書籍よりコミックやガイドブックを含めた雑誌の売り上げ減少率が大きい。理由は、若者の活字離れや携帯電話料金の負担増が言われるが、ベースには情報入手メディアが紙媒体からデジタル媒体に移行しつつあるということがある。情報の入手メディアの変化によって、思考の形態や感受性が変わりつつあるのだ。

一昨年、「電子本元年」という掛け声とともに、今にも紙の本が電子本にとって代わられるのかという騒ぎがあった。それから二年経って電子本の売り上げ六〇〇〇億円、総売上の四パーセント弱である。今年になって官主導のファンドが一五〇億円をサポートして、大手出版社を中心に電子本のアイテムを一挙に増やそうとしているが、「紙かデジタルか」という前に、総売り上げの激減というお家の事情がある。国土の割に日本より書店数が少なくデジタル端末でアルファベットを読むことに抵抗の少ないアメリカと違い、電子本の普及は（辞書とコミックをのぞけば）掛け声の割に遅々としている。まわりを見渡しても「やはり本は紙でなきゃ」という、頑固紙派が多い。斯《か》く言う私も基本的に紙派である。

ただデジタル化は好みの問題ではなく、写本が印刷本に変ったグーテンベルク以来の人類史上の事象である。私自身、「電子本は情報を見るもので、作品を読むものではない」という先入観を持っていたが、電子リーダーで短篇、中篇（岡本かの子の『老妓抄』、織田作之助の『夫婦善哉』など）を読んでみて、その偏見は覆させられた。それなりに読めるのである。私の知人二人は、iPadであの大長編『大菩薩峠』を読んだという。今後スマートフォンやタブレットの普及とともにデジタル読者が増えてゆくのは間違いない。視点を変えると、「電子本」の問題は、音楽や映像を含めたあらゆる領域を襲うデジタル化の波の一部に過ぎないのだ。

もう一つ付け加えれば、電子本出版の中抜き問題である。つまり電子本だと作者（表現者）が作品をダイレクトに読者に届けることが可能になり、出版社や取次・書店が不要になるのではという問題である。現実的には、すべてが電子本になる未来は想像しにくいし、仮にそうなったとしても「編集・広報・流通」の問題が残る。まず、紙であろうとデジタルであろうと、表現物を作品とするには、「編集」というプロセスが不可欠である。さらに作品を「商品として流通」させることも表現者自身の手で行うには限度がある。無名の商業性に乏しい作家・表現者に流通の道を開く端緒にはなるが、それがビジネスとしての位置を占めることは当分難しいだろう。

小社の場合、電子本への取り組みは先の話だが、ホームページ上で書籍の一部公開や絵本の全文公開は、試みている。いわばネット上の「立ち読み」である。特に絵本の場合、全文公開して読者がその荒筋を知ったとしても、それが購入の妨げになるとは思えない。小説やノンフィクションであれば、全文読めば購読する理由はなくなる。絵本の場合ストーリーも重要だが、繰り返し読み聞かせる紙を綴じたモノとしての絵本そのものに価値があると思えるからである。つまり小社の場合、紙の本を読者に手渡すための方便の段階である。

この三十年、活版からデジタルまで情報伝達手段としての出版は変化してきた。しかしそれは、制作上の「技術」とその内容を伝達する「方法」の問題だと私は考えている。伝達方法の変化が内容までを本質的に変えたとは思えないのだ。デジタルだと音や動画を付け加えることもでき、本文テキストを書き換えることも容易にできる。しかしそうなると本という概念そのものの変質である。またデジタル化とネット通信によって、厖大な量の情報の収集と蓄積が可能になったとしても、それを取捨選択して統一的な意味を与える「編集」という身体的でアナログな力が必要になる。逆説的だが、それがなければ思考が深まり定着することもない。多分、エンターテインメントの領域では、デジタル機能をフル活用してにぎわうと思われるが、人間存在のコアの領域でそれをやろうとすると、ひどく空疎な迷路にはまり込んでしまうのではないだろうか。

今は試行錯誤の過渡期と言えるが、人間に身体感覚のある限り、そしてその身体と思考が直結しているかぎり、紙を綴じたモノとしての書物を読み愛好する習慣が無くなることはないだろう。私には、人間の身体性と書物の持つ物性とは、そこで生じる快楽を含めて密接な関係があるように思える。デジタル化の波の中で、紙の本を読み、紙の本を作りつつ、考えてゆきたい。

（二〇一一年六月）

Ⅱ　博多　バブル前後　一九九〇年代

よそ者

ある時、台湾の友人が「福岡の人はタマゴみたいです」と言う。

「ふむっ」（まだこれからということかな）

「福岡は、外国人に対してはじめはガードが堅いですが、いったん殻を破ると、あとはとことんやさしいです」

彼は大阪の日本語学校で一年間勉強した後、博多にきて三年。大阪の人は、はじめからくだけた調子でひとあたりもよかったが、結局ふみこんだつき合いはできなかったという。

「そとは柔らかくて甘いですが、中には堅い種があるモモみたいです」

さすが比喩の国の人だ。

彼の言うようにこの町にはあくの強い排他性は感じられない。共同体が強く残っているところでは、外部の人間がいるといないでは、まるっきり見せる表情が違うものだが、伝統の祭山笠《やまかさ》の舁《か》き手にはよそ者がゴロゴロいる。はじめのとっつきの悪さも、いわば町っ子らしいシャイな気質のあらわれだとみればわかる。

　私もよそ者だが、博多に住んで二十一年、仕事をするうえで地の人間にことさらに仁義を切る必要もなかった。それまで暮らした鹿児島や熊本という地方都市に比べると、ここには格段にひとを自由にする空気がある。

　都市としての豊かさの指標は、一般にはひと・モノ・カネの質に、サービス・情報・交通網の完備ということになるのだろうが、私には、よそ者や外国人のような異質の者をいかに自由にふるまわせるかという、その自由さのキャパシティにあると思える。道交法とのイタチごっこを繰り返しながら屋台が町にあふれているのも、異質なものに対する町の寛容があるからだ。そういう意味でこの町はよそ者には暮らしやすい。

　で、この自由な空気は、どこに由来しているのだろうか。古来アジアに開かれた交易都市としての伝統だろうか。それとも東京マネーによって「再開発」されつつあるのっぺらぼうな町の光景を、自由と勘違いしているだけだろうか。

　冒頭の「タマゴとモモ」のはなしを、生まれも育ちも福岡の知人にしてみた。彼はアジアの山岳地帯で、独自の民間協力をつづけている骨のある人物である。

「そうねー、関西人は表面は軽そうやけど、意外と芯があるもんな。博多んもんは、芯がありそうで、案外中へはいるとぐじゃぐじゃやね」

「うーん」

石の家

十五年前に不思議な人物に会った。明治四十一年生まれの生粋の福岡人。私が会った時には悠悠自適の暮らしぶりで、目の光の強さと意志的な鼻梁を除けば、小柄でおだやかなご老人に見えた。

しかし初めて訪ねた時に遭遇した家族どうしの議論にぶっ飛んでしまった。内容は自分たちの長年住み慣れた家を壊すかどうかということなのだが、その理由が普通じゃなかった。

その家は福岡市南郊の、なだらかな斜面の住宅地にある、おおきな岩に守られた、さながら城塞なのだ。

隠し砦《とりで》のような入り口から螺旋状に階段をくぐり抜けると、千坪ほどの庭がびっしりと石に覆われている。それは石庭などという情緒的なもんじゃない。うろこのある巨大な爬虫類の背中のようでもあるし、大洪水が家を飲み込もうとしたまま凍りつきひび割れ、そのまま石と化したようにも感じられる。

呆然とする私の前で、老人はにこにこ笑いながら、「これは、作品じゃなかもんな」とおっしゃる。

老人は、昭和の初めから天神で寿司屋を営んできた。といって、石の庭が職人芸のたぐいかと言うとその手の玩物《がんぶつ》趣味ではない。小さいもので数百キロ、大きいものになると数トンの石は、山から掘り出されたままの原石なのに、それぞれが、削らずともぴったりとくっつきあうようにして斜面をはっている。

このおびただしい数の石を、老人は、丸太にチェーンブロックひとつで、四十年かかって敷きつめたのだ。

「私が置いたっちゃなか、石が私に置かせたっちゃもんな」

石たちは、増殖するように斜面を覆い、波うち、あるいは塔を形づくっている。老人の家族がすむ日本家屋は、石の海原に浮かぶ孤島のような風情で、石に侵入された玄関はすでに取り壊されていた。

いやが上にもテンションのあがってしまった私は、注がれる酒に、底なしのバケツだった。酔いつつ脳髄が凍りついた私の前で、二つの意見が激突したのである。

一方は、「石が家に侵入しようとしているのは、なにか深い意味があるのだ。だから家を取り壊そう」。片や、「しかし人間がここに住んできたことも無意味じゃない。だから壊しちゃダメだ」。要約するとそういうことになる。

さて、この夜の結論はどうなったか。ご老人は四年前に亡くなり、石の庭は福岡市に寄贈された。近い将来公開される。その時、自分の目で確かめてほしい。

プサンの市場

ときどき隣の国の港町プサンにゆきたくなる。

ここには大きな市場が二つある。ひとつは、クッチェ・シジャン（国際市場）。朝鮮戦争の闇市から発展した巨大な雑貨市場である。衣料品から機械の部品まで、ありとあらゆるものがある。

もう一つはチャガルチ・シジャン。こちらは魚市場。博多の長浜市場に柳橋連合市場を加えた規模で、活気あふれる市場だ。一膳飯屋風から露店・屋台まで、ナマコもホヤも、アナゴの刺身も、その場で食べられる。海沿いには魚貝を山のよう盛り上げた露店が、ずらりと並び、おばさんたちが元気な声で客を呼び込む。値段も、地元の人間、韓国人観光客、日本人観光客と三段階あり、当然日本人が一番高い。

この二つの市場をつなぐ広場があるのが、ナンポドン。ここは毎日が縁日で、射的場、海賊版のカセットテープ売り、ムカデの啖呵売《たんかうり》と、するめや煮込みの濃いにおいの中で、人いきれとエネルギーに満ちている。

　ある時のこと、フェリーの税関を抜けると、いきなりおじさんとおばさんがつかみ合いを始めた。見る間に、おじさんがおばさんの襟首をつかんで持ち上げ、そのままの姿勢でおばさんを引きずってゆく。ところがおばさんは負けちゃいない。ずるずる引きずられながらも、すごい迫力でおじさんをののしりつづけた。

　その夜、私は魚市場を見おろすホテルの九階に宿泊した。眼下に港が広がっている。ぐっすりと眠っていると、女の叫び声がする。意味は分からない。夢心地のなか、罵声の連打でようやく目が覚めた。午前二時を少しまわっていた。

　窓から見おろすと、声の主はホテルの前の歩道にいる。五十代とおぼしき女性で、道行く男たちをののしっている。ホテルと魚市場の間には、非常時には滑走路にでも使えそうな広い道路があり、ひっきりなしに車が走っている。

　アジュモニ（おばさん）は、椅子を片手でひっつかむと、車の流れに割り込み、その道路の中央に、どっかり座り込んだ。それから再び彼女は、歩道の男たちや行き交うドライバーを、罵倒し始めた。相当酔っているようだが、声は見事にとおる。

「おまえたちそれでも男か！　キンタマあるのか！」と言っているように聞こえる。

　時には椅子の上に立ち上がり、演説をぶつ。パトカーもやってきたが、アジュモニの迫力に押されるように行ってしまった。

そのうち徐行していた一台が停止して、アジュモニとの舌戦に応じた。ほんの一瞬のことだった。あっという間に眼下の道路は渋滞し、びっしりと車で埋まった。後はクラクションの嵐だった。

お巡りさんがやってきて、アジュモニを慰め、やさしく両側から肩を抱えて退場するのに、二、三分だったろうか。

私は、絶妙な一人芝居をみる観客だった。

うかつにも、プサンが福岡市の姉妹（行政交流）都市だということを知ったのは、最近のことだ。ここには私たちが失った、妹《いも》の力がまだ渦巻いている。

支店都市

先日経済紙の知人と飲んでいると、九州は輸血経済だという。

経済の世界では常識なのだろうが、私には馴染のない言葉だった。わかりやすくいうと、九州の人間は、東京のサラリーマンの稼ぎ（税金による公共投資）を掠《かす》めて生きているということらしい。九州経済は自立すべきだという彼の意見に、異論はないし、べつにむかっともしなかったが、「輸血というか、日本からODA（政府の途上国援助）を受けている第三世界のようなものですかね。九州は」と私はこたえた。

ODAというのはキナ臭いが、あたらぬこともない。この援助は、相手国のインフラ（港湾や道路やダムなどの社会基盤）を整備すると称して、結局日本のコンサルタント会社が現地政府に進言したプロジェクトを、優先的に日本の商社やゼネコンが請け負う。お金は現地に落ちるかに見えて、ブーメランのように上空をかすめるだけということになる。

援助した方は、橋でも道路でもモノを残したからいいだろう、というのが言い分だが、その実、港湾や道路や電力を整備して、日本の商品を流通させる基盤をまずつくる。その後日本製品を大量に輸出して、結果として相手国を日本の商品経済に組み込む。そして、現金のやり取りになじまない農村は疲弊し、農民は都市へ流入することになる。

もちろんこれは両刃の剣でもある。近代化や資本制経済を是とすれば、伝統的農村の解体は避けられず、結果としてアジアは急速な経済成長を遂げてきた。

東京と九州の関係を、日本と第三世界の関係に当てはめるのはいささか乱暴かもしれないが、経済だけでなくあらゆる領域で、九州が東京の圧倒的な影響下にあるのは間違いない。

福岡のテレビ局のことで、こういう話を聞いた。

地方のテレビ局というのは、東京のキー局から大量に流れてくる番組と、地元で制作する番組やニュースで成り立っている。「地方の時代」という建前のためにも、地元の番組をいくらかは制作しなくちゃいけないが、金がかかるわりにはスポンサーがつかない。そこで、ローカル番組に積極的な人間の意欲をそぐために、恣意的な配置転換がたまにあるという。東京の視聴率の高い番組をたくさん流した方が、スポンサーがつくからだ。経営的にみればそちらが賢い。

ところで、「地方の時代」という言葉になにか胡散臭いものを感じるのは、私一人だけだろうか。この言葉は日本全土に高速道が張り巡らされ、日本中が均質化する過程で、喧伝され始めた。いわば経済とともに流通や情報で、東京による「地方」の解体・把握が完了する中で唱えられた、お題目である。

そういうなかで、福岡は、九州に対する中央資本の出先という機能を強く持たされてきた。それにもかかわらず、この街が辛うじて支店都市に収まりきれずにいるとすれば、その身体に、「はかた」という古代から連綿と続く、濃い血（時間）の保存装置を持っているからだと思いたい。

銭湯

なれない経済の話をすると肩がこる。だからというわけでもないが、今回は銭湯の話をしたい。私は風呂屋が好きで、今でもときどき大名町（福岡市）にある銭湯に行く。仕事がもっと暇だったころは、夕方には洗面器をもって出かけていた。もちろんふつうの勤め人はまだ仕事に精出している時間帯だ。客は老人と私のようなわけのわからぬ自営業者とか仕事前の飲み屋のオヤジ、そしてクリカラモンモンを背負ったオニイさん。

オニイさんとは顔なじみになっても、目をそらすだけだが、老人たちとは言葉を交わすようになる。病気をめぐる話題が多いなかで、ある時は、博多湾の外で二百キロのマグロを釣ったと称する漁師のじいさんのホラ話に、眉につばをつけて聞いたこともある。町なかの銭湯なのに、なんで漁師がいるのか不思議に思った。でも風呂の中では物事を深く考えない。「ま、いいか」という気分になる。

まだ夕暮れ前の、明るい日差しのさす浴槽で、泥のなかの田螺《たにし》みたいに、ぷふーっと息などして手足を伸ばしていると、これは極楽である。四百円足らず（三百四十円）で昼間っから極楽気分になれるのは、風呂屋しかない。サウナではこうはいかない。あそこは企業戦士の休息所で、緊張の芯を残したまま、お互い素知らぬ顔だ。

しかしその風呂屋も絶滅寸前だ。先日、銭湯の番台で尋ねると、福岡市内の銭湯の数は、最盛期に三百を超えていたものが、今では四十足らずになったという。電話帳で調べたら三十三軒だった。ちなみにサウナは二十九軒。

これだけ銭湯が減ったのは、各家庭に風呂がついたのが原因だが、それに地上げや固定資産税が追い打ちをかけた。年寄りが守る兼業銭湯は、今や風前のともしびなのだ。

私の子どものころは、みな銭湯に行っていた。冬の寒い夜、風呂上がりにミカンをむきながら父親と歩いていると、ドーンと桜島が爆発して火柱が美しく上がった。

とりとめなく風呂屋をめぐる話をすると、私の高校は毎年一月十五日に有志の寒中水泳があり、錦江湾《きんこう》からあがると一杯のぜんざいと一緒に風呂券がもらえた。冷凍食品のように冷え切った体を、湯に浸したときの甦《よみがえ》りのここちは、今でもからだが覚えている。ついでにいうとここの風呂屋の亭主が気骨ある変わり者だった。戦前は反戦主義者で獄につながれ、戦後温泉を掘り当てて一財産築いたという伝説的人物で、毛沢東主義者ながら市長にまでなった。

高校生の時、この市長の孫が同級生だったので、この大きな風呂屋の二階で、浮き世風呂ならぬクリスマスパーティーをやった。そして、この時生まれてはじめて女の子とダンスを踊ったのだ。相手はセーラー服。曲はビートルズのミッシェル。はるか三十年も昔の話だが、この夜のことを思うと今でも胸に甘酸っぱいものが甦る。

銭湯がなつかしの文化財にならないうちに、みんな銭湯に行こう！

シャーマン

アジア博（よかトピア）の開かれていた会場に、韓国のムーダン（シャーマン）の一行がやってきたことがある。一行は、佐賀の古墳で祭儀を催した後立ち寄ったと記憶している。

見物客にとっては、チャンゴやケンガリを打ちならしての歌舞や祝詞も、会場で繰り広げられる大道芸のひとつにしか見えなかったが、降神の儀式が行われていたのだ。儀式の中には、鉈の刃の上でのパフォーマンスもあり、近くでみていた私は、刃物を支える役を仰せつかった。

巫儀《ふぎ》は芸能のグレート・マザーといえるが、そこにはまだ神々（地霊）との交信の形や記憶があった。ただ海を埋め立てた博覧会場の地に、神々が降りたもうたかどうか。思いのほかのご祝儀にもかかわらず、降臨の気配は感じられなかった。

私はその少し前に、韓国東岸の町江陵《カンヌン》の河原でクッ《クッ》に出合った。旧暦五月五日の端午祭《タノジェ》でのことで、町外れの橋を渡ると、河原一帯にびっしりとテントや露店が並んでいた。

露店で、豚の頬肉を肴にマッコリを飲み、サーカス小屋や歌謡ショーのテントをのぞき、尼さん装束の武闘芸（ツエなしでは歩けなかったおじいさんを、エイ、ヤッと乱暴に治してしまう）などをひやかしてまわった。

ほろ酔い気分で歩いていると、河原のはじっこの方に異様にテンションの高い白いテントがあった。

人垣にもぐると、白い民俗服のじいちゃんばあちゃんであふれ、座の中心では若いムーダンが、マイクを前にレゲエのように祝詞《のりと》を唱え続けている。中央には祭壇がしつらえられ男性のシャーマンが祝詞をあげながら、鮮やかな色の薄紙を蠟燭にかざすと、燃えながらふわりと宙に舞う。全員が唄に合わせ手足を踏みならし、没我の境地だ。

端午祭は、朝鮮固有の祈豊儀礼といわれるが、不埒な闖入者である私がそのリズムに翻弄《ほんろう》されつつつ観察すると、中心のムーダンに向かって、ご祝儀が集まってくる。その足元では、年かさのムーダンが、集まったお札を数えては束ねている。またその周りには、文化人類学徒然とした学生たちが陣取り、カセットで記録やメモを取っていた。

テントを出て土手に上ると、夕暮れる山並みが広がり、ムーダンの司祭する空間がオーラに満ちて、河原全体を支配していることがじんわりと感得できた。

福岡の町が地下鉄工事盛んな頃、アジア博会場に近い工事現場で、古代の遺物がぞくぞくと発掘された。近代都市の、時間の層を逆に掘ると、子宮の形をした甕棺《かめかん》が眠り、そこには古代の時間がアジアに向かって広がっていた。私はその時間を博物館送りにせず、自分のなかに眠るシャーマンによって感受したいと思った。

大衆演劇

久しぶりに福岡市内で筑紫美主子一座の佐賀にわかを観た。

筑紫さんは、旭川生まれの佐賀育ちだが、現在糸島に居を構え、福岡とは非常に縁の深い方である。筑紫さんの芝居ならば、何はさておき駆けつけるという熱烈なファンが、福岡だけで千人は下らないだろう。

今回の公演は、舞台生活五十五周年記念。この二十数年筑紫さんの芝居を観てきたが、あらためて筑紫さんのすごさをみた。私は、くり出される言葉に、全身を揺すぶられ、腹の底から笑った。

話のすじは、妻に病死され乳飲み子を抱えた男（客演・常田富士男）が、思いあまって男の子を捨ててしまう。それを拾った貧しい夫婦者も育てる育てないで離婚したあげく、妻（筑紫美主子）が引き取る。それから二十五年がたち息子も立派に成人し、事情はあるが気だてのよい嫁をもらう。そこへアメリカで富豪になって帰国したという実の父親が、息子探しにやってくる。そこでのてんやわんや。

ストーリーはいくぶん時代がかっているが、今回は筋書きそのものより、その中で繰り広げられる姑と嫁のやり取りにみんな笑い転げた。それは、筑紫さん扮する姑の嫁いびりである。この姑がとんでもない意地悪ばあさんで、ことごとく嫁をいびる。もちろん姑は、捨て子から育て上げた息子を嫁にとられたというさびしさから嫁いびりをするわけだが、実際のやり取りをみているると、このばあさん、嫁いびりそのものが楽しくてしようがないという感じなのだ。その佐賀弁の絶妙さ！

通常の物語だと、最後には意地悪ばあさんも、自分の非を悔いて、嫁さんと仲直りする。ところがこのばあさん最後まで善良な嫁さんをたたき出そうとする。不思議だがそれがみるものを奇妙に自由にする。やり取りのおかしさが、どこか善悪を超えているのだ。

これまで筑紫さんの芝居にいわれてきたことは、筑紫さんの、白系ロシア将校との混血という出自にはじまる苦難の人生と、観客（庶民）の人生が重なり合って、泣き笑いの大衆演劇ということになる。筑紫さん自身も、失恋して死のうと思って飛び込んだお堀に水がなく、泥に足を取られてもがいているうちに、今度は死んじゃならんと大騒動している自分の姿が、滑稽でおかしくみえたのが、自分の芝居の原点だという。悲しみの極限が反転しておかしみに変わる。

そのことはわかる。しかし今回の芝居のおかしさと解放感のすごさは何だろう。大げさにいうと、筑紫さんの視線は人間を超えちゃったのではないかと思った。つまり姑の嫁いびりを純粋に徹底することで、人情や勧善懲悪の世界を突き抜ける。そのことで、私たちをがんじがらめにしている「期待される家族関係」からしばし解放する。私の深読みかもしれないが、嫁いびりの場面における観客のアナーキーな笑いのすごさと、それをみて微笑んでいる観音様のような筑紫さんを、思ってしまった。

屋台

夕暮れになるとどこからともなく屋台があらわれ、雑踏の中に灯がともる。無表情なビルの壁に、肩を押し合うように並んだのれんの中からラーメンのにおいが流れ、焼酎の香りがただよう。猥雑と喧噪の中で、街がふうっと息をつき、くつろいだ表情を取り戻す。

最近、行きつけの屋台のおやじの表情が暗い。客のいない席にぽつねんと座っていたりする。ここのところ売り上げがずいぶん落ちているらしい。猛暑のせいだけではなさそうだ。

大将が東京でのサラリーマン生活に見切りをつけて、屋台をはじめて十年がすぎた。娘さんも短大にいれ、そこそこの暮らしも維持し、あのとき思い切って博多に来てやはりよかったと思う。長浜や中洲の観光屋台と違い、近所の常連の顔を眺めての商売は、不器用な自分にもむいている。

あとしばらく頑張って、屋台の権利をそれなりの値段で人にゆずり、次の人生を考えようと思っていたところに、オカミから道路使用許可について厳しいお達しがきた。

福岡県警の道路使用許可は、「屋台業者本人に限り、許可の譲渡については、現在屋台を手伝っている親族以外は認めない」というものである。娘さんにはその気がないのでこの屋台は自分一代で終わり、これまでの苦労が泡のように消える。

営業時間の規制も厳しくなった。夕方六時から翌朝四時ときまっているが、これまでは四時ぎりぎりまで営業していたものを、四時には片付け終えねばならなくなった。この実質一時間の営業短縮で売り上げが半分近くに落ちた。

もちろん県警だって屋台が憎くて規制しているわけじゃない（と思う）。その強い姿勢には市民の根深い苦情が背景にある。いわく、通行のじゃまで、悪臭がして非衛生的だ。加えて観光客から法外な料金をとる屋台の横行。欲がのれんをぶら下げたような屋台は論外だが、通行の障害になるとか、非衛生であるとか、美観を損なうとかいう「良識」には異論がある。

ソウルオリンピックの時には、韓国では屋台を表通りから閉め出そうとしたが、幸いにしてユニバシアードのわが福岡市ではそういう話は聞かなかった。むしろ街の顔のひとつとして積極的に評価しようという空気になりつつある。かつてGHQ（連合国軍総司令部）と厚生省が屋台を廃絶しようとし、それに抗して組合の人々が死闘を展開した時代を思えば、隔世の感がある。

私たちが子どものころに比べて、街も人も明るくこぎれいになった。はな垂れ小僧もいない。DDTで頭からシラミを駆除し、虫下しで寄生虫を体から追い出して、つまるところアレルギー体質になったように、バラックやホームレスを排除したあげく、再開発と称して都市は衰弱してゆく。

屋台が存続するかどうかは、オカミによる「規制」でも市民の文化的「保存意識」でもなく、私たちにわずかに残された雑菌的「体質」にかかっている。

＊二〇一二年二月十七日、福岡市は、「原則一代限り」としている屋台営業について、公募による参入を認める方針を明らかにした。しかし、それまでグレーゾーンの中で認められていた屋台の営業権の譲渡は禁止。「原則一代限り」に変りはない。

イベント疲労

バブルははじけたけれど、村おこしや町おこしはなお盛んである。むしろ景気に左右されない行政の金をめぐって、広告代理店やプランニング会社がしのぎを削っている。中には全国の村おこしプランを一手に引き受け、北海道から鹿児島までほとんど変わらぬマニュアルでこなしている大胆不敵な会社もあると聞く。

いくら日本中が均質化したからといって、どこにいっても国際化だ〇〇共和国だという金太郎アメじゃ、うら悲しい（映画祭は定番、文化賞やシンポジウムというのも流行だ）。

つまるところこれは村や町の画一的「商品化」だ。どういう衣裳で自分たちを売り込んだら、よその人間が金を払ってくれるか、化粧の仕方を教えてくれる会社まで繁盛しているわけだ。最近じゃ、役所のおいさんまで「コンセプト」がどうのこうのと、代理店みたいな口を利くようになった。ああ恥ずかしい。戦後五十年、がむしゃらに生き抜いてきて、私たちの「欲望」の調整弁は吹っ飛んでしまったようだ。

さて、福岡市は街おこし＝イベントにかけては人後に落ちない。年がら年中アジアだ○○だとイベントをやっている（賞の創設にかかわった教授が、一回目から受賞したお笑い権威主義もある）。

だけど私には、官・代理店合作のイベントというやつがおもしろくない。確かにアジアは多様で濃密で刺激的だ。ところがイベントになると、おざなりで薄っぺらで退屈なのだ。いったいだれが喜んでいるんだろうか？

映画祭にしても、ふつうの生活者にはとても見に行けそうにないスケジュールを組み、プレス（報道関係者）のネームをつけた連中だけがうろうろして、分厚いカタログができておしまい。ここらで何のためだれのためにやっているのか、いっぺん昼寝でもしてからゆっくり考えてもいいんじゃないか。

街だってイベントだけじゃくたびれる。

そこでへたなオチをひとつ。ある時、博多の飲み屋で、旧知の役者常田富士男さんに会った。私たちもなにかの打ち上げでいい気分、常田さんもきこしめしている。常田さんは長年別役実の作品を小劇場で演じている特異なキャラクターの役者だが、あの「日本昔ばなし」の声優としての方が有名である。

座も盛り上がったところで、常田さんに一言ということになった。

足元がふらつきながら、あの声とあのしわくちゃ顔にやさしい目でおっしゃった。

「エ～、日本国じゅう村おこし～村おこしといってはしゃいでおりますが～、村は～、起こしちゃいけません。村は～、寝かしとかなきゃ～いけません。ハイ」

と言った後、ほんとにその場に寝てしまった。

バブル

新聞で、信用金庫や銀行の相つぐ破綻が報道されている。これまでも、土地ころがしによる錬金術のからくりは露呈していたが、ようやく地金がでてきたわけだ。正直に言うと、銀行の不良債権の総額が四十兆円以上あるときいて、なぜかほっとした。金額が予想より小さいという意味ではない。バブル絶頂時に、世の中に氾濫していたお金に対応する実体が、経済音痴の私には、どうしても実感できなかったからだ。

当時福岡にもトーキョー・マネーが大量に流入した。まさにボーダーレスな金は、国境を越えて外国の建築家たちやデザイナーをも招き入れた。ラブホテルがシティーホテルになり、有り余った金にいくらかの罪悪感を感じた企業は、メセナという名で文化支援を吹聴した。あいまいホテルの前宣伝にガルシア・マルケス原作の作品を上映する不動産屋まで現れた。

土地は高騰し続けた。路地や暗がりが消滅し、海が埋め立てられ、街の表情がのっぺらとハイカラに、まるで映画のセットのようになっていった。

しかしどう考えても、それまで坪五十万だった土地が一千万円になる原理がわからなかった。そこには通常の需給関係を超える力が働いているとしか思えなかった。それを動かしていたのが虚構の四十兆円＝不良債権だとわかって、ようやく腑に落ちた。そもそも実体は無かったのだ。欲に踊らされてどんちゃん騒ぎをしていたものが、一夜あけたら担保の黄金が肥えダメに変わっていたというやつで、こういうからくりは、破綻してこそ自然の理にかなう。

さてバブル経済は崩壊したが、私たちが高度消費社会の中で生きていることには、いささかの変化もない。その消費活動は、衣食住を維持するための必須の消費（エンゲル係数という言葉がなつかしい！）より、快楽を基準とする選択自由な消費がむしろ主流になった。

かつてはご馳走だったカレーライスがサラリーマンの昼飯になったように、今では毎日がお祭りである。用意周到で質実なアリの経済から、破滅を先送りする豪奢なキリギリスの経済にテイクオフしたわけだ。

バブル最盛期にはやったコピーに、「おいしい生活」（糸井重里）というのがある。文化活動に熱心な東京のデパートのものだが、楽して質のいい暮らしがしたいという、バブル時の気分を的確に表した見事なコピーだ。今私たちは、「モノはもう十分だから、心の豊かさがほしい」と言っている。深読みすれば、「よりおいしい生活を！」ということだ。

気分はまだバブルなのだ。

もちろん人間の欲望を、無限に解放していこうとする現在のシステムに対し、清貧の倫理や精神主義で批判する風潮は常に存在する。しかし経済活動が、私たちの欲望が作り出す幻影をモチーフとしている以上、このバブルという怪物を退治するのは、一筋縄ではゆきそうにない。

夢野久作

ある時フランスの出版人と会った。夢野久作の『ドグラ・マグラ』を翻訳出版したいがどう思うか、という。もちろん久作は日本を代表する特異な作家だが、いわば裏舞台の人だ。フランス人の眼力に驚きながら、「日本では常に異端視されてきた作品だが、没後数十年にわたって根強い読者をもちつづけている。きわめて論理的な構成なので、むしろ貴国の読者にとって普遍性を持つかもしれぬ」と述べたことがあった。

夢野久作はご存じのように福岡人である。これまでも何度か時代の熱と共鳴しあうブームの波はあった。しかしその作品はどの程度読まれているのか。福岡ゆかりの作家である檀一雄や五木寛之の作品ほど読まれているとは思えない。

そういう私も、その難解で知られる『ドグラ・マグラ』こそ読みはしたものの、ほかにいくつかの代表作を読んだにすぎない。ただ久作の作品の中で唯一愛読するものに、『近世快人伝』がある。これはめちゃくちゃにおもしろい。大げさにいうと福博に住んでいながら、これを読まずに死ぬのは、もったいない。

『近世快人伝』（葦書房版）は、頭山満や杉山茂丸、奈良原至、内田良平ら玄洋社系の人物と魚市場の酔狂人篠崎仁三郎のことを記した痛快な作品だ。久作は、「現代の軽薄神経過敏なる世相と福岡県人中に見受来る面白からざる気風に対し、一服の清涼剤を与ふる目的」で書いたと日記に記している。昭和十年のことである。

この作品の中に一貫して流れるのは、「西洋文化崇拝」や「唯物功利主義」への執拗な違和である。久作の真骨頂は、これらに対置するものとして、徹底的な「ナンセンス＝意味抜き」の物語を置いたことである。

たとえば久作いうところの「巨大な平凡児」頭山満が、ある市長のところに談判にゆく。やり手といわれる尊大な市長は、頭山を待たせたまままいっこうに出てこない。頭山は黙ってむずむずする自分の尻の穴からサナダムシを引きちぎり引きちぎりして、火鉢の縁に並べてゆく。それが火鉢の縁に二周り半ほどにもなったころ、おもむろに登場した市長は、そのサナダムシに仰天卒倒する。

こういうグロテスクで無意味なエピソードに満ちているのだが、これらが精彩を放つのは、その背景に、藩閥政府の横暴・拝金主義に対する玄洋社一党の、痛烈な拒否感があるからだ。

そもそも玄洋社は、明治維新に遅れてきた青年たちの結社である。彼らの先輩は勤王・佐幕両派とも、左右に刃のついた時代（政治権力）の振り子によってことごとく粛清されてしまった。彼らが終生、官＝政治を信用しなかった根拠である。

久作が描く玄洋社の人物たちを、時代の波（明治維新）に乗り遅れた在野の反政府グループとしてでなく、政治権力を相対化する「ナンセンス」として読むとき、そこに時代を超えた「同時代人」としての夢野久作が、浮かび上がってくる。

酔狂人・仁三郎

お相撲さんが中洲をうろうろする頃になると、フグの季節である。

フグで思い浮かぶのは、博多の酔狂人・篠崎仁三郎《にさぶろう》のことである。仁三郎は、博多大浜の魚市場随一の大株、湊屋の大将で、若い頃からの悪僧《わるそう》。父親が亡くなるや博打にふけり始め、心労で母親も後を追い、あげくに身代をつぶして嫁さんにも逃げられる。「親不孝の見本は私でございます」と言いつつ、進退窮まれば瀕死の友人の生き肝を担保《かた》に酒を飲むなど、とんでもない型破りのにわか的人生を送った人物である。

仁三郎は、九州日報時代の夢野久作に「博多っ子の本領」について問われて、「死ぬまでフクを喰ふこと」をその条件の一つに挙げている。フグはもちろん猛毒があり、今でもこの季節になると、肝かなにかに中毒《あた》った話が必ず新聞に載る。私が知っているだけで、この数年の間にわが町内で二人が死にかけた。

この仁三郎というお人は、カナトフグにはじまりトラフグは言うに及ばずナメラという極めつけまで試し、四度死にそこなった。あたったときの気分は、軽いものは、目が回りふらふらと足がしびれ、何ともいい気持ちだという。ひどいと唇の周りからしびれ始め、次に腰が抜け手足の感覚がなくなり、目がボーッとかすみ口も利けなくなるという。

仁三郎のフグ喰いは、道楽にしても年季が入っている。乳離れしたばかりの頃、父親がフグの白子を食べさせるので、母親があわてて止めると、「甘いこと云うな。フクをば喰いきらんような奴は、博多の町では育ちきらんぞ。あたって死ぬなら今のうちじゃないか」と、これまたとんでもない親父だ。

四度目にあたった時は、白目をむいてぶっ倒れているので、いよいよダメだと、棺桶まで持ち込まれた。ところが本人は、耳は聞こえるし意識もはっきりしている。その時の恐ろしさは、「エレベーターの中で借金取りに出会ったようなもん」だったという。さぞ怖かったろう。

さて、前にも書いたが、夢野久作は「福岡県人中に見受来る面白からざる気風に対し、一服の清涼剤を与ふる目的」で『近世快人伝』を書いたと記している。「面白からざる気風」というのは、拝金主義や舶来趣味に軽薄神経過敏な世相をいっているのだが、その世相に対抗するのに、福岡士族の末裔である玄洋社系の人物たちと並べて、この酔狂なる博多町人を挙げている。現代の市民社会的規範から見ると、「清涼剤」どころかどちらも顰蹙《ひんしゅく》ものである。時代批判として、「ちょっといい話」なんぞを持ってくるヤワな美談精神とは、肚《はら》が違う。

ところで久作は、この博多町人に何を仮託したのだろうか。もちろんにわか的なナンセンスにたいする評価がその底流にあるが、さらに自分自身をも笑いものにできる精神の自在さへの、深い共感があるように思える。

これは結果として政治から抜け出せなかった、玄洋社的なものへの批評であるとともに、市民社会的良識で貧血気味の私たちの精神に対する、批評としての毒でもある。

トリックスター

一時はやったフリーターというのはどうなったんだろう。バブルがはじけると、「ちゃんとしなくっちゃ」という言葉とともに、新保守の潮流がはじまったようだが、そういう流れとともに「ちゃんと」就職するか、ただのアルバイトに戻ったのだろうか。

私の知り合いで、いつ会っても、何をして食っているのかよく分からない男がいた。絵を描かない絵かきで、十代のころは、早熟の才で何か賞も取ったようだが、私が福岡で知りあってからの彼は、絵を描いているという様子はなかった。共通の知人であるピアニストの山下洋輔さんが、「若いときに才能を認められると後がつらいんだよな」と言ったことがある。

絵は描かなかったが、会うたんびにいい女を連れていた。女性はいつも若かった。二十代の時も三十代の時も四十代になっても、いつも二十歳《はたち》そこそこの女性を連れていた。皆なかなかに魅力的な女性たちで、賢そうだった。

男は長身長髪で、ヒッピーというよりは、大正期の壮士風だった。金はないけれど卑屈にならず、人の懐にすっと入ってくるようにどこか憎めないところがあった。居候と踏み倒しの天才で、しばらく顔を見ないなと思っていると、ふらりと現われて、東京のだれそれの家にしばらくやっかいになっていたと言った。次々と居候をハシゴをしながらそれぞれに「とっておきの話」を運ぶ、消息の移動民のようなところもあった。

たぶん好奇心の強い娘たちにとっては、市民社会のどこにも所属しない自由で危険な魅力を発散する男だったのだ。そして娘たちが、数年をおかずに彼の元を去っていったのも、同じ理由からだったのだろう。

私が知り合う前の彼は、福岡の前衛美術集団の最年少でぶら下がって、そのグループと行動をともにしていたという。彼が仲間とともに高等学校の屋根の上で、すっ裸のハプニングをしている写真を見せてくれたこともあった。その時期が彼にとっても「華」だったのかもしれぬ。

彼がくっついていた前衛美術集団の画家たちは、破天荒で個性的な人物たちだったが、時間の流れの中で、それぞれにところを得ていった。だが、彼ひとり「ちゃんとすること」をからかうように、何もしなかった。

時がたち、「反芸術」を標榜した年上の画家たちが個展を開くようになると、彼は不思議な嗅覚でもって会場に現れた。ニコニコとニタニタの中間ぐらいの笑みを浮かべて、まるでトリックスター（道化）のように先輩たちの作品を眺めて、愉快そうに酒を飲んでいた。

こういう人物というのは、端《はた》で見ていると面白いが、始終そばにいられると、自分のなかにある俗物根性を批評されているようで、うっとうしくなることが多い。それでも、福岡の街に「ちゃんとした」人間ばかりが多くなると、時々懐かしくなる。

火葬場で男の立派な頭蓋骨を見た夜、したたかに酔っぱらった私と葦書房の久本三多は、取っ組み合ったまま飲み屋の急な階段を転げ落ち、そのまま六本松の交差点の路上まで転がっていった。

男は、絵を描かない絵かきだったけれど、自身がなかなかの作品だったのだと、今にして思う。

留学生

私の行きつけの飲み屋の大将は、留学生のバイト先を親身になって世話していた。ところが留学生は、友人たちの情報をもとに、時給が少しでも高いと次々とバイト先を変えてゆく。大将は、「紹介したところは、店の人間も理解があってよかとこなんやけどな」とためいきをつく。

大学の教師をしている私の知人からは、つぎのような話を聞かされた。

酒の席でのことだが、アジアからの留学生が、（日本人から見ると）自分に都合のいい主張ばかりする上に、日本人の悪口ばかり言うものだから、たまりかねてつい禁句を吐いてしまった。

「そんなにこの国がいやなら、自分の国に帰ったらいいじゃないか」

一瞬座がしーんとしてしまったそうだが、その留学生は次のように答えたという。

「あなたは私の国のことを知らないから、私にそんなことが言えるのだ。一度来てどんなにひどいところか見てから言いなさい」

心ないことをいっているように聞こえるかも知れないが、私は留学生をおとしめようとしているのではない。今福岡には、アジアの留学生・修学生が千の単位で学んでいる。日本人の優越意識から、入居条件やアルバイト、子どもの学校などでいろいろと差別があることも知っている。一部を除けば、かなり苦しい経済的条件の中で、働きながら必死に学んでいるはずだ。

また、よほどのエリートでない限り、日本で学んで帰っても、いい職に就けるとは限らない。まして日本企業はなかなか雇ってくれない。そういう彼らが日本でなりふりかまわず稼ごうとしたり、出来るだけ日本にとどまろうと考えるのは、当然である。そういう中でも卑屈にならずに言いたいことは言うという態度は、それなりに立派である。

今日本は国をあげて国際化を唱《とな》えている。中でも福岡市は、「アジアの拠点都市」を標榜している。その主眼は、もちろん経済的な活性化だろうが、「エコノミックアニマル」というふうにも言われたくない。だから「文化的」な装置を作り、「文化的」なイベントを行い、出来るだけ円滑な関係の中で経済活動が行えるようバックアップする。そして何かイベントがあるたびに、留学生たちは「国際交流」のシンボルとして担ぎ出され、お国自慢の料理をつくらされたりする。しかしいつまでも「エスニック料理の試食会」でいいのだろうか。

私たちにとって、互いの文化はそれぞれに異文化である。私たちが日本の尺度で彼らの言動を測ってはならないように、彼らにも日本と日本人を深く理解してもらいたいと思うのも人情である。

お互いが都合のいいところや浅いところで早わかりして、その実そっぽを向き合っていたのでは不幸だ。対等に悪口も言い合い摩擦を繰り返しながらも努力をすれば、どんなに異質に見える文化でも、理解可能な共通性が見えてくるはずだ。

世の中の流れが、あらゆる面で均質化をめざしている時、異質なもの同士が、人間くさいレベルで深く交流しあえるようになってこそ、この町はもっと豊かにもおもしろくもなるような気がする。

森の力

天神から一時間もバスに乗れば、椎原《しいばる》につく。ここはまだ早良区（福岡市内）だが、脊振《せぶり》山系の登山口だ。一時期、椎原峠から金山まで毎週のように縦走していたことがある。脊振本山には、車道の通じた山頂の人出にうんざりし、真夏の落雷の総攻撃に遭った恐怖もあって二度と行っていない。

新緑の頃の脊振は、こぼれワサビのある沢を登り、シイやタブ、クヌギやナラの雑木林を抜け、都笹《みやこざさ》やブナ林の尾根道を歩く。三、四時間歩き続け下りにかかる頃には、ランニングハイに似た状態になり、風の流れに包まれるような気がしてくる。

新雪が降ると、事務所に行くのをやめて、山に向かったこともある。バージンスノーを踏みながら、早足で尾根を歩くと新雪がシャワーのように舞ってくる。さながら山の神々に、遊んでもらっているような昂揚した気分になる。鬼ガ鼻岩からウイスキーを飲みながら眺めると、福岡の町が海と山に抱かれて眼下に広がっている。

ふだん町なかに暮らしていると、ナマの自然とじかに接触することはない。特に、建築家や都市計画家の「妄想」ではないかと思える建築や町づくりの中に放り込まれていると、私たちの身体（＝自然）感覚は、バーチャルリアリティー（仮想現実）の中で、歪んだり麻痺したりしていくように思える。

そういう時山や森の中を歩くと、緊張を強いられていた意識が癒され、その古層が解き放され日頃眠っていた細胞が働き出す。そして、人類がまだ自然への畏れを感じていた頃の感覚がいくらか甦る。

私は福岡市の中央区に棲んでいるが、安アパートの前にちいさな森があり、朝はさまざまな鳥の鳴き声ではじまる。この森は、急な斜面にあるためマンションの建設に適さず、町なかにありながらひそかな贅沢をさせてもらっている。

最近私の通勤路の赤坂にある、梟《ふくろう》の棲む森が切り倒された。新聞によると、風致地区でもあり住民の要請で市が買い取る話もでたようだが、結局業者と値段の折り合いがつかず、一部強行伐採となった。その話を聞いて「貧しいなあ」と感じた。ユニバだ国際化だということには、派手に金を使いハコモノを造るけれど、この町は森ひとつ保《も》ちきらんのかと。アジアや国際化を売り物にしながら、福岡は日に日にガザガザした町になってゆく。

森は整地された公園と違い、人間にはうかがいしれない深い記憶を持ち、人間には統御できない力を秘めている。そういう力によって生かされていることを、人は感受できなくなってきた。森は、人間の脳髄から作り出される人工物とは違うのだ。

こういう森を町なかに持てるというのは、見えないところで町の落ちつきをかもしだし、町のパワーを保っている。熊本が福岡より奥行きがあるように感じられるのも、森のせいだ。これは、「環境」という人間中心の問題とは、違う感覚のような気がする。

立派な競技場や国際会議場を持つことばかりに血道を上げ、経済効果ばかりを考えていると、この町から森もパワーも消えて行く。

（一九九五年八月—十二月）

石風亭日乗

七月某日（木）

石風亭は毎週木曜日に開店する。この日は、わがビル七階に事務所のある探偵アカシが、ベトナム料理の生春巻きを作った。乾燥した直径二十五センチほどの春巻きの皮を手につけた水でもどし、その中に豚肉や椎茸に海老、ソーメンなどの具を入れて巻く。実に手際がいい。薬味は韮《にら》やミントなど。それをニョクマムや味噌にピーナッツ・パウダーを入れたタレで食べる。皮つやつやと腰があって美味い。中国人はなまものは食べない。よって揚げ春巻きとなった、と蘊蓄《うんちく》もさりげない。

アカシは弱冠二十八歳ながら、四年前カンボジアの村に小さな小学校を作りそこの校長先生になった。学校の名は「サカバ小学校」。潰れたら酒場にすればよいというのが命名の由来だ。どうして小学校なんだと訊くと、「子どもたちが自分の将来になんの希望も持っていなかった。世界は広く、仕事だっていろいろあるのだということを教えたかった」という答えが返ってきた。

昨年一年間は村に滞在し先生達の飯炊きをしていた。料理がうまいはずだ。

　石風亭は、木曜日の夕暮れになると開店の準備をする。といっても笠の付いた白色灯に灯《ひ》をいれ、蛍光灯のスイッチを切るだけである。五階の窓から夕暮れる平和台球場などが見えいい雰囲気だ。六、七人でいっぱいになるテーブルを囲んで開店である。なぜ木曜日かというと、編集のナカツが木曜日だけ保育園への娘の迎えを旦那に代わってもらい、午前様になってもよいからだ。

　でかい生春巻きを五個も喰ったというのに、常連のワタちゃんがなかなか来ない。九時過ぎに探偵の携帯にワタちゃんから電話が入る。バイトが来ないので十二時半まで勤務が延びたという。ワタちゃんは駐車場のチーフとしてバイトの勤務時間の采配をとっている。しゃべりがなぜか山下洋輔さん（聖飢魔Ⅱという説もある）に似たサックス吹きで、時折「逆流するリビドー」などと哲学的言辞を吐く。

　探偵アカシと我が社のフジムラは今年の山笠（七月一日から十五日）に東流から出たので、話題は追い山。フジムラは二十二歳、その体力を見込まれて初めての参加ながらいきなり主力部隊に組み込まれたようだ。バイトを始めたのは三年前で、今年の春地元Q大卒業の予定が、単位が足らず延期。ちょうど山笠と集中講義が重なり、朦朧とした頭で、教室では仮死状態だったはずだ。

　そうこうするうちに翻訳家のKさんが現れる。キヨテル君から聞いたということで初参加。もちろん石風亭は一見《いちげん》さんでも断らない。初対面ではないが、ゆっくり話したことはない。彼女が五年前講談社から翻訳出版した写真集『恐れずに人生を――エイズ患者からのメッセージ』（写真・

ビリー・ハワード）が二刷五千部で絶版になっているという。講談社は「後はご自由に」ということなので新しい編集で出したいとの意向。検討を約束する。

すでに、常連のミニスカのたかこ、もうすぐ関東に帰るあさこ、飲むと確実にテンションが高くなるりょうこも揃う。りょうこは先週の石風亭では、シャッパ（シャコの巨大なやつ）を頭からバリバリ喰っていた。十一時を過ぎると、建築家のヤマザトやキヨテル君も現れる。

生春巻きも残り少なくなったので、亭主が、貝柱（冷凍物）をシメジと椎茸でいためた無国籍料理を作る。塩は使わず酒とコンソメスープで味付け、彩りにオクラを加え、最後にバターを入れて黒胡椒してできあがり。

十二時半を廻ったところでくたびれた顔でワタちゃんが現れる。危うく朝までの勤務になるところだったという。

石風亭の夜はまだまだ終わらない。

（一九九七年八月）

＊

石風亭のある第2ワタベビルは、数年前までは「勝共連合」の事務所があることで、それなりに有名だった。それで驚くことはないが、第1ワタベビルには「オウム真理教」の事務所もあったのである。ちょっと驚いたでしょう。

さて石風亭は続いている。毎週木曜日夜、一回も休み無し。あるとき亭主が出張で、十時過ぎに石風亭に戻ってみると、すでに閉店していた。「なんで気を入れてやらんのか⁉」とフジムラは亭主に怒鳴られた。本業の上でもそんなにファイトしたことないくせに、「このオッサン何考えとんじゃ」、というような顔でフジムラは亭主を見ておった。それ以降、石風亭が十二時前に閉店したことはない。

さて、八月某日、石風亭番外編は「花火大会」。

第2ワタベビルの屋上から大濠公園の花火が眼下に見える。ここは一つ、会費制で人を集めて赤字がちの石風亭の穴埋めをしようと、探偵アカシと亭主が狸の皮算用を目論んだわけである。客は五十人ほど、石風亭の常連の他書店の関係者にペシャワール会の会員になぜか外人さんもいる。一階のサライに借りたアフガン絨毯を敷いて、飲み喰いの大盤振舞。ナカツが目を光らせて会費三千円を集めている。

東京の（株）包《パオ》のヤスナカさんも、久しぶりに与那原恵さんを連れてきた。彼女は『物語の海、揺れる島』（小学館）を出版したばかり、「作られた伝説〈神戸レイプ多発報道の背景〉」は、人間の先入観を覆すいいルポだった。

花火に気をとられて飲み喰いはおろそかになる（よって酒は少なくてすむ）、という読みは見事にはずれ、花火が打ち上がると、それをレーザー光線で混ぜくるという大バカな演出を、装幀家の毛利さんと共に罵りながら、皆のピッチがあがる。リョウコとタカコは、粋な浴衣姿でワインをがんがん飲んでいる。ということで、収支は、八千円の黒字（？）。

八月の中過ぎになると、アカシがリョウコとタカコを連れて、二週間ほどカンボジアの小学校に出かけた。フンセン第二首相にラナリット第一首相が追い出されて内戦が勃発した後だったので、みな心配する。それだけでなく、いつもミニスカートのタカコの足の方をもっと案じている。

九月になると、石風亭の喰い物もフジムラのたこ焼きなどが登場して、少し多彩になってくる。飲み物は赤ワインが完全に定着した。それも基本は渋めのカベルネソービニオン。実を言うと亭主はワインに偏見をもっていた。もっと言うと、ワインなんてコジャレタものを飲む輩が性に合わない、「男は黙って芋焼酎」派であった。ところがころりと転向してしまった。そのわけはちょっとだけブンガクだ。亭主はリービ英雄の連載を愛読していたが、その中でカベルネソービニオンの話が出てくるのである（『アイデンティティーズ』講談社）。そしてある日この憶えにくい銘柄のワインを偶然アカシが持ってきたのが運の尽きだった。かくて、渋くて安い赤ワインは石風亭の定番となった。

十月になると、モンゴが退院して帰ってきた。モンゴはフジムラのセンパイながらまだ卒業未定のQ大生。シンガーソングライターでもあるらしい。新良幸人のコンサートの打ち上げの時、太鼓のサンディに「こいつはモンゴルから来た相撲取りだ」と紹介したら、本気にしていた。そのくらい体がでかい。そのモンゴが中国を旅行中の七月、大事故にあってしまった。

彼は中国に二年程留学していたこともあり、旅慣れている。彼の乗ったバスは、雲南から四川に向かって、四千メートルを超える山道を走っていた。そのバスの運転席付近で突然爆発が起こったのである。運転手が即死、運転手の後ろ座席で眠っていた彼は、爆風と破片をもろに受けた。細かい経緯は省くが、結果的に彼は片目を失明し、片目の水晶体を失ってしまった。

片方に牛乳瓶の底より厚いレンズのメガネをかけたモンゴが、淡々と語る事故の詳細、バス会社の対応、保険会社の処置、病院での治療、中国公安の監視、借金して飛んできた中国人のガールフレンド等の話を聞く内に、亭主の頭には思わず本の目次やタイトルが浮かんでくる。「お前そのことを本に書け、題名は『ボクのバスが爆発した』に決まりや」

（一九九八年二月）

＊

前号（三月発行）の「スパイダーズ・ネット」に去年の花火大会のことを書いたばかりなのに、すでに今年の花火大会は終わり秋風が吹いている。

前号以降の石風亭を駆け足でたどれば、月見もあれば花見もあった。もちろん花火大会もやった。頼まれてベリーダンスの会も開催。客の半分以上は女性。男を挑発するダンスが、女性を解放することを再確認。

月見は福岡城汐見櫓をわが庭の如くあしらい、絨毯など敷いて風流を決め込んだ。月明かりだけで飲む宴は、酒量が計りがたい。この夜は同業A書院の女性三人も加わりキムチ鍋。「日経」のマツモトさんの持参した東北の銘酒で一気に酔いも加速、二次会を石風亭に移した頃にはぶっ倒れておる者もおった。

この石風亭、いっさい客引きしないのだが、毎週誰か新しい人間を連れてくる。アルマーニのお姉さんに美容院のお嬢さん、ネイルアーティストなんていう人も来た。M堂書店のフジムラ君などは一時期千円ポッキリで飲める会員制のクラブと勘違いしていたふしがある。最近では、インドネシアで潜水艦に電力供給のエンジニアをしていたという米人マイクが、手料理など持参で皆勤だ。

さて話は突然変わるが、七月〇日（木）、亭主は大失策をやらかしてしまった。石風亭閉店後の深夜、キヨテル君行きつけの六本松の飲み屋でのことである。七人掛けで一杯になるカウンターの左隅に坐っていた中年男と並んで亭主とキヨテル君は坐った。男は「もう人生くたびれました」という風情を全身に漂わせていた。一言も交わさないうちに、男は両手に大きな紙袋を二つづつさげてごそごそと出ていった。

そこで二時間ほど飲んで、店を出ようと足元のカバンを探すが無い。少し酔っていたので、タクシーに忘れたかと思ったが、隣の紙袋男が間違って持って行かなかったか、ママに言づてて店を出た。

その夜のうちにタクシー会社に遺失物の連絡をして、翌日カード会社や銀行に連絡した。カバンには、カード・銀行通帳に印鑑・印鑑証明、おまけにパスポートまで入っていた。八月に行くモンゴル行きのビザはすでに申請してあったので、出てこなければ再発行の手続きも必要になる。

ガキの頃オヤジに言われた「気が利いているようで間が抜けている」という言葉が甦る。カードや通帳も不正使用されてないという確認は取れたので、警察にも一応紛失届をし、出て来るだろうと楽観した。

月曜日、銀行に印鑑の変更届を出しに行き、紛失届を出してない通帳があと二通あったことに気づいた。窓口で、「そちらも引き出されてませんよね」と尋ねると、明るく（わが主観がそう捉えた）「いえ引き出されてます」。亭主の頭の中でパトカーのサイレンが鳴り始めた。テキは表情も変えない。「どうも不正使用されたようですので、伝票とか引き出し時間とか教えていただけますか」「警察を通じてでないとお見せできません」。木で鼻を括《くく》るとはこういうことだという見本の応答である。

当方にミスはあるものの、客の財産を預かっている者の言葉ではないという憤慨を飲み込んだまま、派出所で盗難届を出した。

翌朝、朝風呂に入りながら事態を反芻した。紛失届を出した通帳①と不正引き出しされた通帳②のうち②の通帳は直接取引しているA支店でしか引き出せない性格の通帳である。推理するに、犯人は最寄りの某支店へ赴き、①②の通帳から同時に引き出そうとして、窓口でこう告げられたはずである。「お客様、①は紛失届が出ていますので引き出せません、②はA支店でしか引き出せません」。カード会社のセキュリティ・システムであれば、この時点で当方に確認の連絡が入るはずである。ところが銀行には他人の財産を預かりそれでしのいでいるという自覚がない。ゆえに客のためのセキュリティ・システムもない。

頭にきた亭主は、出社後銀行に電話を入れた。事務所を訪れた担当者と支店長代理は、御説ごもっともと神妙に聞いたあと、実はと紙袋から伝票の束を取り出した。その結果有り得べからざることが発覚した。不正引き出しした伝票をよくよく見ると、亭主の名前が間違っているのである。「福元」の元が「本」になっているのだ。しかも本人確認のための裏書きでは正しく「福元」になっている。つまり窓口が、まず印鑑とのチェックを怠り、ついで裏書きとのチェックを怠り、「伝票上も全くの他人」に当方の貯金を渡してしまったのだ。

先日の「木で鼻を括った」態度とはうって変わって、ヒラグモ状態になり、防犯ビデオもお見せしますので、盗難届は取り下げて欲しい、被害額も弁済するという。当方は、銀行のミスの重大さは推察できたので（しかもこのご時世だ）、ことは荒立てない、但し銀行が盗難の事実を認め犯人の捕獲を保証できなければ、警察権力を使わざるを得ないと告げ、防犯ビデオを見ることにした。

その日銀行の業務が終了した午後七時、飲み屋のママさんと共に、ビデオを見た。犯人は、銀行が閉まる直前の十五分程映っていた。男はソファに座って不安を紛らすためか、なまあくびを繰り返す。その男をひと目見るなりママさんが声を上げた。「あ〜、あの男や」。紛れもなくビデオにはあの紙袋男が映っていたのである。

（一九九八年九月）

この世の一寸先は闇

アパートを出て、地下鉄工事中の道路を横切ろうと信号待ちをしていた。するとヘルメットを被り歯のない口でニコニコ笑いかけてくる男がいる。工事現場の交通整理員の制服を着ている。バーPのマスターだ。意表を突かれて、「どうしたとですか?」と尋ねると「いゃ、こういうことです」と自嘲気味に笑った。歩きながら、心のどこかが粛然《しゅくぜん》となった。

その数カ月前、マスターは焼き肉屋でアルバイトをしていた。私が町を自転車で走っていて偶然出会うと、「店を閉じて今はバイトをしている」と言う。その焼き肉屋に幾度か通ううちに、マスターはその店を辞めていた。年は五十をいくらか過ぎている。潰れた店の借金を抱えた身では、そうそう再就職も楽ではないだろうと、少し気になっていた。

潰れた店も、再起をかけて移転新装した店だった。だが、一年と持たなかった。古い方の店に初めて連れていってくれたのは、亡くなった同業先輩の久本氏だった。二人で飲んだくれたとき、屋台すら閉まる明け方に、まだ開いてる店があるから行こうという。その店がPだった。そんな時間にも吹き溜まりのように飲んでいる客がいた。

マスターは、若い頃メキシコに行っていたといい、ショータイムと称しスペイン語の歌を歯のない口で生真面目に歌った。仕事一筋で、こまごまと動きまわり、酒は一滴も飲まない。店にはフィリピーナやメキシカンもいて、それなりに猥雑で活気もあり、二次会、三次会によく使った。

バブルの崩壊とは関係ないはずだが次第に客足が遠のきはじめ、フィリピーナ達を雇うこともできなくなっていった。窮したマスターは、眠る間もなく昼の定食をはじめた。薄暗いボックス席で食う焼き魚定食は、もの悲しくわびしかった。ある日印刷を頼まれたチラシを持って店に行くと、マンションの駐車場に通じる裏口からもうもうと煙が出ている。慌ててドアを開けると、ガス台の上のフライパンの油が燃えており、初めて見るキッチンは狭く雑然としていた。マスターは、店のソファでぐっすり眠り込んでいた。

マスターのそもそもの本業は占い師である。全国紙の占いの欄を担当した程の実力もあり、そのての本の出版の相談も受けた。しかしあまりに商売が上手くいかないので、姓名判断で自分自身改名してしまった。

私も今の事務所に移る前に、観てもらった。

「とてもいい運気だ。仕事も増える。十年たったらもっといいところに移りなさい」

マスターの言葉を信じていいものだろうか。


（一九九八年九月）

Ⅲ　石牟礼道子ノート

『神々の村』を読んで

私はこの四百ページほどの本を読みつつ、芳醇なアリアを聴いたと思った。黙読している間その声は鳴り響いていた。粛然となり、こみ上げるものがあり、時に頬が緩んだ。

読後浮かんできた思いは、もし水俣に石牟礼道子という表現者がいなかったら、ということであった。もちろん石牟礼さんがいなくても、水俣病事件は日本近代史に残る社会問題であり損害賠償請求事件として闘われたことは間違いない。

しかしその存在がなければ、私たちは水俣病被害の背後に拡がる、奥行きのある深く重層した世界に気づくことがあっただろうか。私たち近代の市民は、チッソという重化学工場の廃液によって毒殺されその生活領域を汚染された不知火海の被害民という認識には到達できる。チッソだけではなく国家や行政の責任、医学やメディアの責任を問うこともできる。わが身の罪を問うこともできる。しかしそれだけである。そこに見えるのはひどく貧しい風景である。

「ありとあらゆる賤民の名を冠せられ続け、おのれ自身の流血や吐血で、魂を浄めてきたものの子孫たちが殺されつつあった。かつて一度も歴史の面《おもて》に立ちあらわれることなく、しかも人類史を網羅的に養ってきた血脈たちが、ほろびようとしていた」

と記すとき、石牟礼さんが逆説的に描き出そうとしているのは、水俣病によって現象した被害やそれに対抗する事象ではない。そういうもの全てを生み出した近代の文明そのものである。だからこそそこにはある種の絶望がある。

本書『神々の村』は『苦海浄土』三部作中第二部にあたり、一つの軸になっているのは、水俣病の運動である。それは、一九六九年のチッソ提訴に始まり、七〇年五月の補償処理委員会会場占拠、同年十一月のチッソ株主総会乗り込みにいたるできごとである。しかし記されているのは、その運動の経緯ではない。むしろ著者はその様な直線的で硬直した時間軸を自在に骨抜きにする。そして運動というものでは表現不能な世界のことを、次のように述べている。

「時の流れの表に出て、しかとは自分を主張したことがないゆえに、探し出されたこともない精神の秘境が、人びとの心の中にまだ保たれていた」

精神の秘境とは如何なるものか。

長らく水俣病を病みながら、蜜蜂を飼い、暇を見つけては山深く兎や狸を追う「野の哲人」は著者の家に訪ねてきて、「黙っとる世界の方が、なんちゅうか、ゆたかじゃし。石のごたる者の心が深かかもしれん、オラそげんおもうばい」と洩らす。

実子という もの言わぬ胎児性患者の娘をもつ「御詠歌の師匠」は、チッソ株主総会に上阪する道々、わが子は「逆世の実りとして生まれて来たのだ」と言い「水俣病患者の姿はみなそうじゃ。逆世の真実を身に負うとる」とわが身に言い聞かせるように語る。

それは著者自身の世界でもある。著者は自らを「じぶんが人間であることがうまくゆかない半《はん》毀《ごわ》れのにんげん」といい、その片割れが「ろくろ首のようになっておそるおそる世の中を眺めたりしている始末だった」と述べている。これはジャーナリスティックな資質とはもっとも遠いものだが、幼児期に「現身《うつしみ》のあるところすべてこれ地獄」との認識を得たという著者は、それは水俣病事件に出合う「啓示」であったのだろうという。

著者のある意味特異な水俣病との関わりは、その来歴と資質に由来するところが大きい。それ故時にシャーマニスティックといわれることもある。誤解を恐れずに言えば、その背景にマナ(超自然的な力の観念)をもつ言葉ゆえに、「秘境」への隘路《あいろ》が示されているといえるのである。

(二〇〇六年十二月)

幻を組織する人

――『苦海浄土』第二部『神々の村』を読んで

『神々の村』は『苦海浄土』三部作中第二部にあたるが、第三部『天の魚』刊行後およそ三十年という、変則的な経過を経て出版されている。その辺りの事情については、単行本巻末解説（渡辺京二）に詳しい。渡辺氏は、『神々の村』について、「水俣病とは何であったか、そのことをこれだけの振幅と深層で描破した作品はこの『第二部』以外にこれまでもこれからもあるはずがなかった」と記し、三部作の構成について次のように評している。

「『第一部』が「ゆき女聞き書き」に代表されるように、彼女の天質が何の苦渋もなく流露した純粋な悲歌であり、『第三部』がトランス状態で語られた非日常界であるとすれば、『第二部』は水俣病問題の全オクターヴ、その日常と非日常、社会的反響から民俗的底部まですべて包み込んだ巨大な交響楽といってよい」

『神々の村』が描いているのは、水俣病事件史としては、一九六八年の国の公害認定から六九年の患者家族によるチッソ提訴（患者家族の一任派と訴訟派への分裂）、七〇年五月の補償処理委員会会場占拠、同年十一月のチッソ株主総会乗り込みまでの期間ということになる。

本書は、水俣病事件史と「運動」の時間的流れを一つの軸として記述され、患者・家族の苦難を抱えた日常やその思いを核に、水俣病をめぐり責任回避や傲慢な対応をとるチッソ幹部や国の官僚たち、また患者・家族を支援する市民組織や労働組合、さらに患者・家族を誹謗中傷する住民などあらゆる人々が群衆劇のように登場する。それらは時間を自在に行き来し、相互に響きあい、ノイズをも吸収しながら壮大なスケールの世界として描き出されている。それゆえ本書は、読み手の視線・関心によってさまざまに多義的な相貌を見せることになる。そのことは、水俣病問題の多義性・多様性というよりは「逆説的で重層的豊かさ」というものを思い知らされることになるのだが、本書が描かれた視点は一貫していて、それは次のような人々のものである。

「学校教育というシステムに組みこまれることのない人間という風土。山野の精霊たちのような、存在の原初としかいいようのない資質の人々が、数限りなくそこにいる。患者のふりをして」

存在の原初としかいいようのない患者のふりをした人々とは、近代的な知によって理念化された「大衆」という存在のことではない。近代的な枠組みとしての、「知識人と大衆」という対概念ではすくい上げることのできなかった非知的な存在のことを、著者は次のように記す。

「ありとあらゆる賤民の名を冠せられ続け、おのれ自身の流血や吐血で、魂を浄めてきたものの子孫たちが殺されつつあった。かつて一度も歴史の面《おもて》に立ちあらわれることなく、しかも人類史を網羅的に養ってきた血脈たちが、ほろびようとしていた」

石牟礼道子という表現者は、『苦海浄土』だけでなくそのあらゆる作品の中で、「かつて一度も歴史の面《おもて》に立ちあらわれることなく、しかも人類史を網羅的に養ってきた血脈たち」のことを描き続けてきたのだと思うが、著者のこの言葉の前に、「知識人と大衆」という言葉を置いてみると、如何にこの対概念が貧しく見えることか。しかも戦後の労働運動から市民運動まで、あらゆる左翼的な政治運動というものが、この対概念の呪縛の外にでることがなかったことに思い至ると、なにか寒々としたものが背筋に走る。

本書を、運動論的な視点で読むことは邪道である。本書の作品としてのモティーフも作品としての魅力もそういうところにはない。しかしそれを承知で、あえてそのことに触れてみたい。

著者は、次のように述べている。

「一人の人間に原罪があるとすれば、運動などというものは、なんと抱きされぬほどの劫罪を生んでゆくことか。人の心の珠玉のようなものをも、みすみす踏みくだかずにはいないという意味で」

これは水俣病患者互助会の会長であった篤実な老漁夫が、苦悶の表情のまま亡くなったことに対する著者の述懐の言葉である。昭和四十三年（一九六八年）の水俣病の公害認定を機に結成された患者互助会は、チッソが患者に示した「確約書」（水俣病の補償問題については第三者に一任し、その人選も結果も一任するという）をめぐって、「一任派」と「訴訟派」に分裂する。結果として「訴訟派」の患者・家族は世の脚光を浴びることになり、「一任派」の患者・家族は闇の中に沈むように私たちの視界からは退場してしまった。先の会長は、「一任派」としての責務を果たした後に亡くなったのである。私たちは、「訴訟派」の患者・家族に「正義」を見ることによって、「一任派」の人々にその影を見がちである。しかしことはそう単純ではない。

「訴訟せん人間ば、犬畜生のごついいよる。弱か人間ば犬になして、敵にまわして、市民会議は、なんばするつもりか」。労組のオルグ式に患者宅を回る市民会議のことを、会長は忌避したという。顔が「あのようにひきゆがんでいた」のは、分裂ということだけが原因ではない。「より深いところで文明の毒を注入された精神の土壌の苦悶」が滲み出たのだ、と著者はいう。

「動き出している運動体に対して、私一人《いちにん》の気持ちをいえば、集団というものになじまないものをひそかに持っていた」と記すように、石牟礼さんという人は、運動の人ではない。しかしその人が、次のようにも記している。

「市民会議の限界を補強する、もう一つバネのきいた行動集団を、いよいよ発足させねばならぬ時期になっていた。組織エゴイズムを生ましめない、絶対無私の集団を。（略）いっさいの戦術は、この国の下層民が、いまだ状況に対して公に表明したことのない、初心の志を体し、先取りしたものでなければならぬ」。さらに「これにかかわるとすれば、思想と行動とは、その人間の全生涯をかけたある結晶作業を強いられる。そのような集団をつくれるだろうか、つくらねばならぬ、とわたしはおもっていた」

市民会議とは、水俣病対策市民会議のことである。市民会議は公害認定を機に水俣市に発足した、患者・家族の支援組織である。地元の教職員や市役所職員によって構成されていて「肩書き外した個々人の集まり」のはずだった。だが「組合用語が、それぞれの職種をつないでいるらしく、彼らはそれを手放さなかった」

市民会議が発足して患者互助会と初会合をもった席では各組織の顔役が挨拶し、オルグやタンサンやキョウセンなどの言葉が連発された。それらの組合用語はばあ様たちの耳を素通りするばかりで、ばあ様たちの私語は「蟹たちが路地の日だまりや砂地に寄って泡を吹きながら、しわしわ囁き交わしているあののどやかな景色」のごときものになった。労組出身の革新議員は嘆息したという。

「ぜんぜん、会議にならんですな。婆さんたちゃ、井戸端会議に来とるようなぐあいですもんねえ。いやあ、しかし、彼らはソシキロンを知りませんからねえ」

もちろん、市民会議に集まった労組員たちは、患者家族の苦境を理解しようとしていたのであり、良心的に支えようと考えたはずである。さらに労組員といえ、もとを辿れば漁民か農民の血脈に繋がるものであり、「存在の原初としかいいようのない資質の人々」と同様の資質や言葉を無意識の底に沈めていたはずである。

「既成オルグたちに、初心の含羞がないわけではなかった。けれどもひとりの人間が背負っている原罪が、集団の原罪となるときに、それはゆっくり倍音のごときを発して、もとの心音がかき消える」

『神々の村』に描かれた世界は、世俗の「運動」とは最も遠い世界である。石牟礼さんという人は、運動と最も遠いところにありながら、運動によっては決して表現されることのない幻を、組織しようと試みた人でもあるように思えるのである。

（二〇〇七年一月）

『苦海浄土』という問い

石牟礼さんと初めてお会いしたのは、一九七〇年の春だからすでに三十六年前のことである。私は二十二歳。まだ大学に籍だけはあった。最近では、年に一度もお会いすることはないが、お会いするとやさしく「ご飯食べてますか」と微笑される。その度に、欠食児童のような青臭さを引きずっている我が身には、石牟礼さんの慈悲の眼差しが痛く沁みる。二〇〇一年には、私の小さな出版社を見かねて、「詩集を出しませんか」とお声を掛けていただいた。この年は、「9・11」という世界史的な事件に小社も巻き込まれて、「生類たちのアポカリプス」と銘うった全詩集『はにかみの国』は、翌夏の出版になったが、石牟礼さんの本が出せるというだけで嬉しかった。わたし自身は詩集を編集することで、石牟礼さんの作品にいつも鳴り響いている音楽のようなものの秘密を、少し理解できたような気がした。

昨年（二〇〇五年）は、「石牟礼道子と水俣病運動」というテーマで話す機会を頂いた。この二十年近く、水俣病の運動だけでなく「運動」というものにはコミットしていないので、ためらいはあったが、七〇年代初めの水俣病闘争に関わったひとりとして、いくらかでも当時のことを整理できたらとお引き受けした。

その時には、三つのキーワードで話をさせて貰った。

それは、「個別性」、「直接性」そして「異形性」という言葉である。要約すると、「個別性」とは、水俣病問題を「公害問題」として一般化しなかったこと。水俣病闘争を「反公害闘争」と普遍化しなかった、ということである。「直接性」とは、近代法上では「損害賠償請求事件」として争われた水俣病事件だが、「闘争」としては、水俣病によって殺された死者や患者の積年の思いを、如何にして「直接的に」表現することが可能かを追求したことである。その前提になったのは、死者と患者とその家族個々の「生」や日常であったが、闘争が暗黙のうちに依拠したのは、石牟礼さんの『苦海浄土』に表現された世界であった。

そして「水俣病闘争」を他の近代的市民運動から際立たせていたのが、その「異形性」だったのではないかということである。「異形」というのは、「近代」という一つの運動が、その論理の整合性や明晰性を追求する過程で排除していった諸々のことである。その象徴が「死民」であり「怨」であったように思う。石牟礼さんは、『苦海浄土』第二部で、排除された側のことを次のように記している。

「おのれ自身の流血や吐血で、魂を浄めてきたものの子孫たちが殺されつつあった。かつて一度も歴史の面《おもて》に立ちあらわれることなく、しかも人類史を網羅的に養ってきた血脈たちが、ほろびようとしていた」（『苦海浄土』第二部「神々の村」『石牟礼道子全集・第二巻』藤原書店、所収）。私は、話をするために、『苦海浄土』と幾つかの著作を読み直した。あらためてすごい作品だなと思いつつ読んだのだが、私はその講演のなかで、『苦海浄土』は、公害告発のルポルタージュではなく「フィクション」である、と喋っている。もちろんこれは、渡辺京二氏の「『苦海浄土』は、詩人石牟礼道子の私小説である」という「解説」（『苦海浄土』講談社文庫）に拠っている。

ところが、そう喋った後からどうにも落ち着かないものが残った。つまり、ルポルタージュではない、というのにはそれ程の抵抗はないのだが、「フィクション（虚構）」と言ってしまったことが、引っかかっていた。また最近、新聞記者による『苦海浄土』の解説の冒頭、「苦海浄土は、いまでは小説に分類されている」という内容の一文に出会った時、軽いショックを受けてしまった。あきらかにこの記者は、渡辺さんの解説に引きずられているわけだが、渡辺さんが述べているのは、「作品成立の本質的な内因」からいえば、聞き書きでもルポルタージュでもなく、「石牟礼道子の私小説である」ということである。ややこしいが、初めから『苦海浄土』を小説として読むという「緊張の無さ」とは無縁である。私にとっては、渡辺さんのすぐれた評言を前提にしながら、『苦海浄土』が如何なる作品であるのかという問いが、あらためて残ったということである。

（二〇〇六年五月）

石牟礼道子と水俣病運動

こんにちは、福岡で、出版社をやっております、福元です。

「石牟礼道子と水俣病運動」というテーマで話せ、と主催者から連絡がありました。渡辺京二さんのご指名のようなので、これは断れないと参上しました。人前で水俣病のことについてお話しするのは今日が初めてです。そして多分これが最後になるだろうと思っております。

今回お話しすることは、一般論としての水俣病運動ではありません。そういうことにつきましては、語る資格も興味も私にはありません。今日お話しするのは、あくまでも私が体験した七〇年代初期の水俣病闘争です。それも極めて私的な覚え書きのようなことになると思いますが、お許し下さい。

七〇年五月二十五日

実は、もう三十五年前になりますが、私が二十歳を過ぎた頃に水俣と縁がありました。これが、いきなり逮捕されるというところから話は始まります。一九七〇年五月二十五日のことです。

この日、東京の厚生省に、水俣病患者の遺影を掲げた集団がデモをかけ、その隙をついて十数人の男たちが厚生省の一室を占拠するという事件がありました。国に対してチッソを訴えた「訴訟派」の患者とは別に、チッソとの調停を厚生省に一任する「一任派」の患者に対する調停案がその日提示されようとしていました。その額は、死者に対し四〇〇万円。男たちは実力でそれを阻止しようとして逮捕されたのです。その中に私もおりました。

私はそれまで、水俣病の患者さんと会ったこともありません。もちろん水俣病の問題は知っておりましたし、患者さん達が六九年の六月に提訴をしておりますので、裁判がおこなわれるということも知っておりました。

その頃、六〇年代末ですが、私は熊本大学の学生でした。いわゆる全共闘世代で、その真っ只中にいたわけですが、七〇年というのは、すでに全共闘運動の終末期でした。知人に、水俣病のことに関わっている人間がおりまして、厚生省がチッソの代理人として水俣病被害者を低額の補償金で処理しようとしているので、東京で抗議行動を行うという話を聞きました。それは許せない話だから、東京行動に参加する人間に協力しようと、街頭でカンパ活動などをしたわけです。自分が東京へ行くなどとは、考えておりませんでした。

それで初めて「水俣病を告発する会」の会合に参加しました。五月の阻止行動の直前の会議で、私たち学生が何人か出席しました。会議では、「全存在を賭けて、補償処理委員会の回答を阻止する」と、東京での実力行動について熱っぽく討議されていました。

私たちは、大学での騒動をそれなりに体験していたので、ちょっと生意気な学生ではあったんですね。それで、私も余計なことを言ったわけです。「全存在を賭けるなんてことはできるはずがない」と。そうしましたら、渡辺京二さんから「小賢《こざか》しいことを言うな。これは浪花節だ」と一喝されました。それで、行きがかり上東京に行く羽目になりました。

東京では、百人ほどが、患者さんの遺影を先頭に厚生省の正面にデモをかけました。石牟礼さんもその中にいらっしゃいました。それは陽動作戦で、十六人が厚生省の裏の壁をよじ登りまして、(厚生省の内部告発派の職員の手引きもあり)裏側から中に入りました。まあ、不法侵入ですね、何階だったか忘れましたけれども、補償処理委員会の一室を占拠しました。それで、十六人のうち十三人が逮捕されました。

一連の逮捕に到る出来事は、私自身にとって自分で選び取ったというよりは、ある種の縁のなせるわざとしか言いようがありませんでした。この逮捕によって、私の水俣への関りが始まったわけです。

この阻止行動は、マスメディアを通じ全国に衝撃を与えました。公害問題がクローズアップされると共に、ラディカルな市民運動の出現と受け取られたわけです。

均質化への抗い

私自身についてもう少し説明しますと、当時全共闘運動に関わっていたわけですが、私はいわゆる活動家ではなく、クラブ活動で一年の三分の一はヨットに乗ってる、能天気な学生でした。ところが六八年末に大学でストライキが始まると、クラブ活動の暇な時期でもあり、ひょんなことから法文学部のリーダーになってしまったのです。どの党派にも属さずに、リーダーでありながら学生運動というものにそぐわない感じを持ち続けていました。アジビラも書き、アジテーションをぶつこともありましたが、当時風靡していた活動家風の用語は意識的に使いませんでした。学生達は大学の自治だとか大学の解体とかいうことを叫んでおり、政治的な革命が起こるようなことを言っている連中もいたわけですけれども、私はそういうことは一切信じておりませんでした。

ただ、やっていることが無意味だというふうには思っていませんでした。今考えると、それが何だったのか、自分なりに結論を出しました。それは単純なことです。六〇年代末から七〇年代というのは、日本が都市中心の社会にシフトし高度消費社会に突入するトバ口で、日本の市民社会が、都市も地方も急激に均質化していく時期なんですね。可能な限り人間を平準化、均質化することで社会システムを効率化し生産性を上げていこうという動きがあり、それが時代のニーズでもあったわけです。全国どこでも、町も人も金太郎飴化してゆく。学生達の騒動は、そういう時代の趨勢に対し、身をもってする「抗い《あらが》」であったというふうに今は思っております。

スローガンが何であろうと、今から起ころうとすることに対する学生達の本能的な反応だったろうと思います。それに政治的なスローガンが付いたりするのはおまけで、表層的なスローガンと本質的な問題というのは、ぴったりと合っているわけじゃないということは、その後もいろんなところで見てきたことです。そう考えると、私が水俣病問題と出会ったのもある意味必然であったのかなとも思えます。

個別水俣病闘争

水俣病闘争は、患者さん達が訴訟に踏み切り、それを支援するということで始まったわけですが、裁判支援に止まりませんでした。裁判自体は、チッソという企業が自分たちの犯した犯罪の事実と責任を認めず、国家も行政もその責任を認めないという中で、被害者としてぎりぎりの選択であったわけです。しかし裁判そのものでは、患者さん達の積年の無念は晴らせない。裁判という近代法上のシステムでは、「損害賠償請求」という枠組みを、一歩も出ることは出来ない。じゃあ、殺されていった人たち、それから生きながら、劇症の病を負わされた人たちの無念というのは一体どうなるのかということです。

熊本の「水俣病を告発する会」は、裁判を徹底して支えることはもちろんですが、裁判では表現することのできない、患者、家族の思いをどういう回路で表現するか、裁判の枠から自由な場所で、どう表現するかということを追求したわけです。そして、その根拠になったのが、石牟礼さんが『苦海浄土』で描いた世界だったと思います。

この闘争を特徴づけるものは何だったのかというと、三つのことが言えると思います。一つは「個別性」、それから「直接性」、そして「異形性」ということです。

まず「個別性」というのはどういうことか。七〇年五月二十五日の厚生省への阻止行動をきっかけに、全国的に公害問題が浮上し、「反公害」闘争が盛り上がっていくわけです。水俣病というのは、重化学工場が起こした企業犯罪です。その私企業による企業犯罪を公害とよんだわけですが、それは水俣病だけではなくて、工業化社会の矛盾として日本全国で噴出していたわけです。そこで、全国各地の市民グループや労働組合が、企業犯罪を「公害問題」という形で括《くく》って、企業や行政の責任を追及するということになったわけです。これはある意味自然なことです。

また被害者というのは工場周辺に住む民衆ですが、水俣病の場合ですと、大半は沿岸の比較的貧しい漁村の人たちであり、天草から渡ってきたような人たちです。そういう階層に集中的に矛盾が起こってくる。左翼的な概念で言えば、階級問題になる。つまり水俣病闘争は反公害闘争であると同時に階級闘争になります。

ところが、私たちは、従来の左翼や新左翼あるいは市民運動の概念にどこか馴染まなかったのです。水俣病を「反公害闘争」の一つと一般化したり、「階級闘争」であると位置づけてしまうと、どうなるか。被害者である死者たち、患者たち、その家族一人ひとりの具体的な「生」というものが、こぼれていくわけです。これは理屈以前の感覚でもあったわけですが、「公害問題」として一般化することを決定的に押しとどめたのは、やはり石牟礼さんの描いた世界だったろうと思います。

それで、私たちは「個別水俣病闘争」という言い方をその時にしたわけです。それは水俣の海辺で生き死にしていった人たち、その人たちの個別具体的な「生」あるいは「死」を、どう触知し内在化するか、どう思想化するかということだったと思います。

直接性の追求

それから「直接性」ということが言われました。それは何かといいますと、近代的な国家のもとでは、刑事事件に当たる問題が起こった場合には、当事者同士では解決できない、必ず国家が介在してくるわけです。たとえば自分の子どもが殺されたからということで、その親が相手を殺しに行くということは許されない。それを許容すると、国家の秩序も権力も成立しなくなりますので、法によって国家がそれを裁く、ということになっているわけです。そうしますと水俣病事件も当然、裁判という近代法的な枠の内でしか裁いてはいけない、ということになります。

実際に他の公害事件については、被害者による企業や国家に対する直接的アクションは、ほとんど見られませんでした。

機関紙「告発」創刊号に、「復讐法の倫理」と題して、石牟礼さんが書かれています。物騒なことばですけれども、ここで石牟礼さんが一つのイメージとして出されているのが「同態復讐法」、

「眼には眼を」のハムラビ法典です。近代法の中で報われない問題、それをどうするか、そういうことで「復讐法の倫理」を書かれています。その文章の中に、患者家族の言葉として象徴的な言葉があります。

「銭は一銭もいらん。その代わり会社のえらか衆の、上から順々に有機水銀ば飲んでもらおう。四十何人死んでもらおう。あと、順々に生存患者になってもらおう」

こういうことを現実に実行することは不可能に近いわけですけれども、この言葉に凝縮された患者さんたちや家族の気持ちをどう表現していくか。それを一つの運動として、一つの闘争として、どう具体化していくか、ということが問われたわけです。運動は裁判支援を軸に行われましたが、同時に患者さんの生《なま》の気持ちを「直接に表現する方法」はないのかと模索し、それが闘争の形をとって行くわけです。

チッソ本社の自主交渉で、親を水俣病で失い、自身も患者であった川本輝夫さんは、社長に迫りました。

川本　社長、今日はな、われわれは血書を書こうと思ってカミソリば持ってきた。
社長　えっ。
川本　血書を書く、要求書の血書を。わしも切ってあんたも小指を切んなっせ、ほら。
社長　それはごかんべんを。

厚生省の斡旋を阻止しようと会場を占拠した時も、自主交渉でチッソ本社を占拠したときも、私たちは患者ではない、当事者ではない、支援者に過ぎないわけです。この直接性というのは、私の考えでは二つあります。基本的なことは近代法の枠組みを超えたところで、どう患者家族の気持ちを表現していくかということです。チッソの社長を含めた幹部たちと患者自身がいかに相対峙し、思いの丈をぶつけるか、ということです。

もう一つの直接性というのは、支援者の側の直接性です。水俣病事件における主体は患者さんと家族です。それを支援する部外者である人間たちに、何が出来るのかということが問われたわけです。従来の左翼的な概念でいきますと、いわゆる「大衆と知識人」という考え方があります。知識人が、大衆つまり患者さん達の意識を高めるよう指導していく、という考えがあります。つまり患者家族のチッソへの積年の恨みを、近代法や左翼的イデオロギーを通して普遍化していくという考え方です。

それは水俣病の運動の中にもありました。例えば弁護士は、患者たちの気持ちを裁判をとおして表現しようとするのではなくて、患者たちの被害を近代的な法の概念の中で解釈しようと考えていた。あるいは政治的な党派は、患者の存在を通して自分たちの政治思想を表現しようとした。しかし、私たちはそのどちらでもない、むしろ自分たちを無化していくといいますか、自分たちは、患者さんたちの表現の場を作るためだけに、そこで支えるということに徹する。それを「告発する会」代表の本田啓吉さんは「義によって助太刀いたす」というような言い方をされたわけです。古風な物言いで、左翼・新左翼からはそういうことが批判される、ということもあったわけです。患者さんの気持ちといいますか世界といいますか、それを可能な限り理解し、自分たちは黒子に徹するということです。

今まで自分たちがもっていたある種のリベラルで知的な言語であるとか、あるいは運動論であるとか、そういうものではとても理解できない。一度そういうものを棄ててしまう。そうすると何が残るかというと、そこには自分一個の肉体しか残っていない。ただ身をそこに横たえるという意味での直接性しか残っていない。厚生省での阻止行動で言われた「全存在を賭けて阻止する」というのは、そういう意味であったわけです。それはチッソ本社で行われた、患者とチッソ幹部との自主交渉の場を確保する時にも同様でした。

『苦海浄土』

さて、水俣病闘争の源泉になった石牟礼さんの作品『苦海浄土』にふれます。これは、ある意味では水俣病問題を告発した作品です。私は「告発」と言いましたけれども、それは私の粗雑な読み方でありまして、この作品は、水俣病事件を社会問題として告発しているだけではないということです。

『苦海浄土』は、第一回「大宅壮一ノンフィクション賞」に決まったんですが、それを石牟礼さんは辞退された。ノンフィクション賞ですから一種のルポルタージュ作品として優れている、と認められたということです。ところが渡辺京二さんは『苦海浄土』（講談社文庫）の解説で、ルポルタージュであることを否定して、「作品成立の本質的内因」でみれば、「石牟礼道子の私小説である」と書いていらっしゃる。

『苦海浄土』に描かれた世界は美しい。描かれた水俣病の悲惨も壮絶ですが、それだけではない。漁師や海辺で暮らす人間だけではなく、魚だとか貝だとか、それから川とか森とか樹木だとか、そこに棲む小動物や精霊たち、その自然と人間の交歓が極めて美しく描かれています。その世界はほとんど神話的です。その光景を『苦海浄土』からランダムに拾いあげてみますと、

「イカ奴《め》は素っ気のうて、揚げるとすぐにぷうぷう墨《すみ》ふきかけよるばってん、あのタコは、タコ奴《め》はほんにもぞかとばい。／こら、おまやもううち家《げ》の舟にあがってからはうち家の者じゃけん、ちゃあんと入っとれちゅうと、よそむくような目つきして、すねてあまえとるとじゃけん。

わが食う魚《いお》にも海のものには煩悩のわく。あのころはほんによかった」

「あねさん、魚は天のくれらすもんでござす。天のくれらすもんを、ただで、わが要ると思うしことって、その日を暮らす。

これより上の栄華のどこにゆけばあろうかい」

一般的に『苦海浄土』は、石牟礼さんの聞き書きだと思われているわけです。水俣病が発生したあと、石牟礼さんは丹念に海辺の村々を歩いていますし、いろいろと取材もされています。しかしそれは詩人石牟礼道子によって描かれた一種のフィクションなのだ、ということですね。それはなぜか。「彼女が記録作家ではなく、一個の幻想的詩人だからである」と渡辺さんは記しています。『苦海浄土』に描かれている世界は悲惨です。しかし美しい。浄瑠璃の語りのように美しい。実際の会話がああいうふうに成立するはずはない、と思わせるほど劇的です。しかしそれは紛れもなく水俣病の患者の世界である。

ではなぜ、石牟礼道子は患者の世界が描けたのかということなんですけれども、じつはチッソという近代を象徴する企業によって崩壊させられてゆく世界は、石牟礼さんの世界なんですね。石牟礼さん自身が、天草から渡ってきた石工の娘です。それから、幼女の頃から気がふれていたおばあさんとの濃密な交わりがあり、弟さんは病んで鉄道自殺をする……、患者さん達が引き受けた世界というものを、石牟礼さん自身は自分の身内の中で生きていたということなんですね。『苦海浄土』は、ルポルタージュや聞き書きではなくて、石牟礼道子の幻想的な私小説であると渡辺さんは言い、石牟礼さんが描いた世界のことを「もともとそれは、有機水銀汚染が起こらなくとも、遠からず崩壊すべき世界だったのではなかろうか」と書いています。ここには、石牟礼文学の奥行きの深さ、石牟礼さんの視ている闇の深さが暗示されています。

渡辺さんはある意味では、石牟礼道子という一人の表現者に対して非常に特権的な位置にいる方です。『苦海浄土』は、「空と海のあいだに」というタイトルで、渡辺さんの出されていた「熊本風土記」という雑誌に最初発表されたのです。そこで渡辺さんは石牟礼文学成立過程の、いわば秘密を知り得る場所にいらっしゃった、というわけです。

異形性

私たちの関わった水俣病闘争の性格を、「個別性」、「直接性」と言いましたが、もうひとつ「異形性」があります。

水俣病闘争のデモや裁判風景をご記憶かと思いますが、あの異様なる風景というのがあるわけです。「怨」という字を刻した黒い旗をなびかせ、「死民」という黒いゼッケンをつけてのデモンストレーションです。例えばチッソの株主総会に七〇年の秋に乗り込みますけれども、その時に患者たちは巡礼姿でまず高野山に参って、そのまま巡礼姿で株主総会に乗り込んでいきました。総会が始まると白装束で「御詠歌」を唱和したわけです。そういうものは近代市民の感覚からすると、禍々《まがまが》しくおどろおどろしい「異形のもの」に映ったはずです。

一方で株主総会は、極めて近代的といいますか、資本制を支える根幹の一つといっていいわけです。ですからそんなところになぜ行くのか、ということにもなるわけです。

これは、ある弁護士さんが発案されたのですが、あの当時「一株運動」というのがありました。例えば原発に反対するために一株を取得し、電力会社の株主として問題を提起するということがありますが、それはあくまでも資本制のルールにのって異議申し立てをするわけです。そのための入場券としての一株です。弁護士は、一株運動によって株主として異議申し立てをすることを考えた。要するに、企業責任をどうするのか、補償をどうするのか、ということを合法的に株主総会で提起しようとしたわけです。

この弁護士さんの発想と、それを受けた患者代表の渡辺栄蔵じいさんの発想は違いました。栄蔵じいさんはその時何と言ったかというと、ただ一言、「社長にものが言えますか」と言ったのです。資本制を支える「株券」じゃなくて、患者たちが思ったのは社長に直接にものが言えるかどうかということでした。裁判では代理人同士で話が進むわけで、当事者は何も言えないからです。だから直接にものが言える、ということが一番重要だったわけです。

私もその現場におりましたけれども、会場には総会屋と右翼がバリケードを築いておりましたので、そこに学生達と支援者が患者をガードして入ったわけです。そして株主総会は始まりました。混乱もありました。細かいことは憶えておりませんけれども、黙祷のあと鈴の音が響き「御詠歌」が始まりました。すると一瞬のうちに会場が静まりかえったわけです。その時は場を超えた感情といいますか、自然に涙が流れていきました……。それは異様なほど演劇的でした。

そのあと、浜元フミヨさんが社長に向かって声を発しました。「俺はもうおなごじゃなか、おとこになったぞ」と。会場の舞台に上がり、社長に向かって積年の思いを吐き出されました。浜元さんは、チッソ本社での直接交渉の時には、補償金の現金を社長につき返して、血の決済を求めました。それは、水俣の死者たちが憑依《ひょうい》したような光景でした。

総会乗り込みは、患者さんが、社長に直接ものが言えるというその一点だけで実行しました。それはいわば一回性のことです。他の地域の「告発する会」のなかには、翌年も総会乗り込みをやったところもありますが、そこのところが熊本の「告発する会」の考え方とは違ったのです。毎年やるということは、株主の発言権としてのそれですから、患者がチッソ幹部にものを言うということとは質的に違ってくるわけです。私たちにとっては一回きりの株主総会になったわけです。

市民と「死民」

熊本の「告発する会」の中心メンバーは、教師だとか放送局の職員であるとか、新聞記者であるとか労組員とか学生でしたから、やはり知識層ですね。そういう知識層の市民が中心になっているので、一般的には市民運動と見なされたわけです。しかしそれまでの市民運動とは異質な色調を帯びていました。抽象的な言い方ですが、従来の政治運動や市民運動では、人間が直面している根源的な問題には、触れることができないという共通感覚があったということです。想像力を政治的に上昇させるのではなく、より深く下降させることで、「人間」を再生させようという感覚です。それが市民の権利としての運動へ上昇するのではなく、「死民」や「怨」という黒旗の「異形なもの」へと下降することで、未生の世界を幻視しようとしたということです。

では石牟礼さんにとって、なぜ「死民」なのか。

「私は〈水俣病死民会議〉という吹き流しを二十本作った。死者たちへの思慕を込めて。かぜにやさしく吹き流れるやるせない黒い布に、わたしは化身する。うつつの集団への親愛と訣別を込めて。わたし一人《いちにん》ならぬ〈私〉のそれはひそかな義務でもあった。（中略）こののっぺらとした鉄とコンクリートと造り花で飾られたみやこの〈東京のことですね〉穴ぼこのようなまなざしの中でこそ、呪術の復活はなされねばならなかった」（『石牟礼道子全集・不知火』（第二巻、藤原書店）

もう少し読んでみますと、

「死民とは市民という概念の対語ではない。

いや、市民といえばまぎれもなく近代主義時代に入ってからの概念だから、わがまぼろしの中の住民たちもたちまちその質を変えられてしまうのである。まして水俣病の中でいえば〈市民〉はわたくしの占有領域の中には存在しない。いるのは、〈村〉のにんげんたちだけである。このにんげんたちの愛恩はたぶん運命的なものである。

死民とは生きていようと死んでいようと、わが愛恩のまわりにたちあらわれる水俣病結縁のものたちである。ゆえにこのものたちとのえにしは一蓮托生にしてたちがたい。

さらにこの中にして、水俣病の総体から剥離し、情況とやらの裂けめに深々と墜ち続けてやまない影絵がある。そのような影絵のひとつをすくいとってみれば、ひき裂けたじぶんの情念の片割れであったりする。

わたくしの生きている世界は極限的にせまい」


水俣病によって亡くなっていった人たち、殺されていった人たちの、積年の思いを表現するためには、近代とは異なる回路を、やはり通らざるを得なかったということです。

では石牟礼さんの描く世界は、近代を忌避しているものなのか、失われたものに対するノスタルジーなのかと思われがちですが、そう単純ではない。

石牟礼さんは、その出自が、谷川雁主催の「サークル村」であることからもわかるように、一度「近代」の洗礼を受けています。信じられないことに石牟礼さんは、反安保デモにも市民の一人として参加しているのです。そのときチッソ工場への抗議行動からはぐれた漁民の集団数百人と、前衛党の反安保デモ隊数千人が偶然合流します。しかし前衛党の側は、漁民の心情の奥を感知することはできませんでした。

「〝おくれた、まだめざめない、自然発生的エネルギーは持つこともある、人民大衆〟とは何であろうか。常に組織される人びとを、常民とか細民、などとかねがねわたくしたちはわけしり顔にいう。おもえば、わたくしたち自身のさまよえる思想がまだ、漁民たちの心情の奥につつみこまれていた。最深部の思想が」（『苦海浄土』）

石牟礼さんの資質は、過去も未来も含めて、近代／反近代などという尺度よりはるか遠くを見ていたのだと思います。

近代的な文学は、「個」あるいは個と世界との関係を表現することが基本になっていると思いますが、概ね、自然は人間に対立するものとして描かれています。ところが石牟礼さんの作品では、人間と自然が対立するものとしては描かれていない。季節のめぐりのなかで人間と他の生類が交歓し、互いに呼びかけあうような濃密なコスモスを形成している。神話的という言葉を前にも使いましたが、歴史が形成される以前と見紛う世界です。

現実にそういう世界が存在するかというと、私たちにはその存在を感知することが難しい。しかし石牟礼さんには、それが視えるし存在する。ただ、私たち凡庸な人間といえど、そういう幻を希求せざるを得ないといいますか、幻を抱えていないと生きていけないということはあるわけです。石牟礼さんが描いた世界を理想にして、それを実現しようとしても不可能だろうと思いますが、人間の難しいところは、そういうものを一切なくして生きていけるかというと、生き難い。何かそういう、人間が根底に抱える問題を、石牟礼さんの描く世界は内包しているのではないかと思います。だから、それ自体も幻であったような水俣病の闘争が、一瞬現出したのではないでしょうか。

私は、水俣にいささか関わった人間として今日はお話をしておりますが、そのことが、今の私を呪縛してもいるし解放もしてくれていると言えるかも知れません。

こういうことを言うと、渡辺さんに怒られるかも知れませんけれども、私が述べた水俣病の運動というのは、やはり渡辺京二という一人の思想家の存在がなければ、具体化しなかったと思います。渡辺さんは水俣病事件について次のような認識を示しています。

「水俣病事件の輪郭は、社会学的・政治学的に観察し叙述しうるような一公害現象、一社会問題の範囲をはるかに超えている。水俣病はそれに関わるものをおのずと日本近代の深奥部に導くのみならず、人間存在の解きがたい暗部にまでふれさせずにはおかない」（『水俣病闘争――わが死民』現代評論社）

石牟礼道子の作品世界があって、そこから喚起されたものをひとつの「闘争」という具体的な形にするには、さらに読解する力と構想力が必要だと思います。渡辺京二という希有な思想家が、石牟礼道子の世界を受けとめ読み解き、それを運動の形にするという作業があって、水俣病闘争は、戦後運動史のなかでも特異な痕跡を残すことになったのではないかと思うのです。

水俣での体験

最後に、私自身の小さな体験をお話しして終りたいと思います。

ほんの短い期間でしたが、患者さんのお宅に手伝いに行ったことがあります。茂道の漁師杉本さんのお宅です。

杉本栄子さんのご主人が入院されておりまして、それで、手伝いが必要ということで行ったわけです。朝暗いうちに起きて、エンジンを起こして漁に出るんです。二艘の舟で出て、円を描くように取り囲んだところで魚を追い込み、網で揚げるわけです。いりこが獲れれば、すぐ陸にあげて、大きな釜で茹で天日干しにする。私がヨット部だったことが少し役に立ったわけです。

漁から帰って朝飯を喰うと、今度はおばあさんと畑に行きます。二人で畑仕事をして、昼になるとそこら辺の枯れ草を集めて太刀魚の一夜干しを焼いて昼飯を食う。一仕事して戻って来ると、今度は夕方のボラ漁があります。茂道はボラがよく獲れるところでして、ボラの刺身ってのは非常にうまいんです。ネズミ獲りを二回り大きくした籠の中に、だんごにした餌にさなぎやマーガリンを入れたりして、岸から遠くないところに朝仕込んでおきます。その籠を、夕方行って引き揚げるわけです。大きなボラが二、三本入った籠が、バタバタバタバタと躍動するように上がってくる。これを揚げて、しめて帰る。

杉本家には、男の子が四人か五人いましたが、一番上が小学校五年生ぐらいでした。その子どもたちを五右衛門風呂に入れた後、ボラの刺身で晩飯を食いちょっと焼酎を飲む。すぐ眠くなるので、おばあさんと枕を並べて寝ていました。その頃は、おばあさんだと思っていたんですけれども、今考えると、今の私とあまり歳が変わらないんですね。

それで、そうした日々を過ごしたんですが、その時に不思議な感覚がありました。実は私は生まれは鹿児島で、町中の住宅地に住んでいたんですが、私が小学生の時、突然お袋が親戚からシラス台地の上の畑を借りて、百姓を始めたんです。それで、日曜日ごとに畑に連れていかれたんですね。これが嫌で嫌でしょうがなかったのです。

うちの母親もまったくの庶民で、水俣のおばあさんとほとんどメンタリティは変わらないと思うんですが、私が大学で騒動をしていた時に、母親や父親には、自分が今何をやっているのか、何とか説得しようとしたのですが、うまく説明できませんでした。話が通じないわけです。説明しようとしても。しかし水俣では、そういう気持ちがまったく起こりませんでした。ただ二人で畑仕事して焼酎飲んで寝て、時々「おまえはよか奴やから」と、隠していた酒を出して飲ましてくれたりしていました。そこでは、ことばが必要ないといいますか、私自身そういうことを説明する必要を感じませんでした。

当時全国から沢山の学生たちが、水俣に入ってきました。ヒューマニスティックで良心的な学生から、患者さんをオルグしようなんて思う者まで来るわけです。そういう者に対してはなじめないものがありました。そういう時は、ひたすら小さい漁舟の淦汲《あか》みなどをしておりました。

もう一つ私にとって忘れられないのは、杉本家の網子《あみこ》で、同い歳位の青年がいたんです。彼は中学校を出た後、あちこちを転々としては水俣に戻ってくる。彼の家に行くと、昼でもまっ暗で、家族も複雑な問題を抱えていました。漁に出ても二人ともあまり喋らないんですけれど、夜になると、ボウリングに行こうと誘いに来るわけです。こちらはそんな気にならないんで断っていましたが、それでも一回は付き合いました。

ボウリングをやったあと、彼の車でドライブするんですが、凄まじいスピードで走るんですね。夜の道を闇雲に暴走する。彼は何か怒りを抱えていたわけです。爆発しそうなものを抱えていた。二人の間では、そのことについて会話することが出来なかった。彼は、その後また水俣を出て行きました。

私にとっては、水俣の体験というのは運動に加わったというよりは、そこで会った水俣の患者さんや家族の人たちの「生」にいくらか触れたということにつきます。

整理されない話で申し訳ありませんが、これで終わりにします。どうもありがとうございました。

（二〇〇六年十一月）

水俣に至る回路

――映画『水俣の図・物語』を見て

絵画の制作過程というものが、これほどスリリングなものだとは知らなかった。それはまさしく一個の「ドラマ」ですらあった。ああ、これほどの深い快楽（苦痛も含め）があるからこそ、画家たちは、自分の楽屋について語りたがらないのだ――と、私には思えたほどだった。

通常、私たちが絵に接する場合、それはすでに完成され、独立した一つの作品として提出されている。そこには、とりあえず作家は存在しない。あえていえば、作品にとって作家の存在は過剰な饒舌に過ぎない。つまり私たちが作家を必要とするのは、あくまでも作品のより深い理解のためだけである。その時、私たちは、作品の側からその作品の制作過程（時間）を、作家とは逆の流れに向かって遡行しようとするわけである。

そういう、絵画に対する素人の常識的な理解からすれば、映画『水俣の図・物語』（土本典昭監督、青林舎製作）は、秘すべき画家の制作理念と制作過程を、いともあっけらかんとドキュメントすることによって、それを一個のドラマにまで仕上げようとした記録映画である。

縦三メートル、横十五メートルの大障壁画『水俣の図』を描く丸木位里・俊夫妻は、『原爆の図』十四部作でつとに世界に知られる画家である。その後の画集『南京大虐殺』『アウシュビッツの図』とみてゆけば、両氏の制作態度の極めて明快なことがわかる。両氏は『原爆の図』以来一貫して、権力による民衆の虐殺を描きそれを告発しつづけてきたのである。位里氏は言う。「人民はいつも殺されてきた」と。両氏が水俣へ至る回路も、この『原爆の図』の延長線上にある。俊氏は言う。「水俣はゆっくりゆっくりひどいことが起こってくる。ヒロシマ、原爆なんです」

位里・俊氏の画業には、人類の歴史というものを、虐殺されたものの側から再構成してゆこうとする倫理的で強固な意志がうかがえる。それは両氏が世界を認識するために獲得したフレーム（枠）でもある。両氏にとっては、水俣病問題も、初めからそのような倫理的な枠組みでとらえられていたといえる。つまり両氏の「虐殺される人民」というフレームでみれば「ヒロシマ」も「南京」も「アウシュビッツ」も「水俣」も「その根っこの所では、ひとつ穴のムジナ」（俊氏）ということになる。

そういう認識のうえで、両氏は水俣の惨状を巨大な和紙に描く。水俣病におかされ、指が枯れ枝のように屈曲し、よだれをたらし座り込んでいる少女を中心に、死者や患者たちの群像が克明に描かれる。人だけではない。猫やカラスやタコなどあらゆる不知火海の生類たちも描かれる。

俊氏が一人ひとりの人物をリアルに描き上げたところで、位里氏が縦横に墨を流して白い和紙を染めてゆく。その一つひとつの純粋に手仕事としかいいようのない動きが、私を静かに興奮させた。そして一枚の巨大な地獄絵が出来上がる。

いうまでもないことだが『水俣の図・物語』は、絵画という表現行為をモチーフにした記録映画である。ここでは水俣病という現実とストレートに向き合っているのは、丸木位里・俊という画家である。したがって、映画は水俣病の現実そのものではなく、画家が水俣病をどう作品化するかという問題、つまりいかなる回路でもって表現者が水俣に至るか、という問題を必然的に照らし出すことになる。

「苦海」としての水俣を描き上げた画家たちは、再び水俣現地を訪れ、二人の胎児性水俣病の少女に会い、その精神世界の深さにうたれる。その出会いが、位里・俊氏に「浄土」としての水俣、よみがえる水俣をこそ描かねばというように促す。画家は、二人の少女にまるまるとした赤ん坊を抱かせた母子像を描く。「希望」を象徴する幻想の母子像である。映画は、この母子像が描かれる過程で終る。

私は二人の画家の制作の過程には、ある種の興奮を感じた。だが、そこから決定的な刺激を受けるということはなかった。今、そのことの意味を考えている。

もちろん衝撃を受けたシーンもあった。皮肉なことに、それは絵画とは直接関係のない数秒のシーンだった。母子像のモデルになった二人の少女が並んで小さな部落の海辺を歩いていく。カメラがその後ろ姿を写す。二人は何ごとかを語らいながら、一瞬顔を見合わせ、フッフッと笑ったように見えた。それから漂うようにして二人の肩がコツンとふれて離れた。たったそれだけのシーンだった。

これは私の単なる思い込みかもしれない。ただ私には、人類史の闇をも抱え込んだ水俣の核心に至るには、「虐殺される人民、闘う人民」という倫理的フレームによってではなく、あの二人の少女の後ろ姿に間違いなく流れていた人類史の時間に至りつく回路を見つけ出す以外には、ないように思えたのだ。

（一九八一年十月）

Ⅳ　なぜかアフガニスタン

アフガニスタンが主戦場

二〇〇九年の正月は、アフガニスタンのジャララバードで迎えることになった。新年といってもそれは西暦の世界のことで、イスラム世界の人々にとっては元日もただの木曜日に過ぎない。イスラムでは金曜日が休日なので前日木曜日は半ドンである。

この日も朝の五時過ぎに起き、中村哲医師と共に七時には宿舎を出て水路工事現場へ向かった。気温は七度ほどだが比較的温かい。カーブル河を渡ると、見なれたケシュマンド山系の雪が、三月に来たときよりも少なく、旱魃《かんばつ》の進行はこの十年近く治まる気配はない。それでも私たちPMS（ペシャワール会医療サービス）が二五キロの用水路を建設した地域や取水口を修復したベスード、シギ、シェイワの村々では、麦の緑が瑞々しく広がっている。道端の間口半間の八百屋には、旬のカリフラワーが山と積まれ、金時ニンジンや紫タマネギに大根、キャベツが整然と並べられている。

アフガニスタンは乾燥地帯ながら冬場が雨期で、この時期天水農業が可能だった。四〇度を越す夏場数カ月は、灌漑に頼る農業だった。その夏場の農業を支えるのは、国土の八割を占める六、七千メートル級の山々に降り積もった雪解け水である。ところが近年雪が減っただけでなく、「異常気象」のせいか春先に一挙に洪水となって流れ去った後、大地が乾ききるようになった。

国民の八割が農民、穀物自給率九割を超えた農業国で、二〇〇〇年から続く旱魃によって、百万を越える難民が出ている。しかし「国際社会」では、この旱魃難民は、タリバンの圧政からの避難民だと喧伝された。昨年イギリスのＮＧＯがアフガニスタンでは五百万人が飢餓線上にあると警告し、王立の防衛研究所ですら、戦争の前に解決すべきは旱魃であると指摘した。

弁舌爽やかなアメリカの次期大統領は、主戦場はイラクではなくアフガニスタンであると宣言している。その言や良し。まさしくアフガニスタンは、飢餓との戦いの主戦場なのである。

イスラムの神と自由

「イスラム」と聞くと、オサマ・ビンラディンと自爆テロしか連想されないというのは、現代の不幸の一つである。

ご存じのように、ムスリム（イスラム教徒）は一日五回マッカ（メッカ）に向かって礼拝をする。私たちが四輪駆動車で移動中にもドライバーは、車を止めて道端で礼拝を始める。しかし同乗者の中には気にせずたばこを喫っている人間もいるし、私たち異教徒に礼拝を強要することもない。

ある時、アフガン人のスタッフが、夫婦で日本に来たことがある。ご主人はイスラム戦士の経歴を持ち、マッカにも巡礼したことがあるゴリゴリの信徒で、時間になると礼拝を始めた。この時は、友人の家で食事中だったが、奥さんは礼拝するダンナを尻目に、スパゲティを食べる手を休めることはなかった。

イスラムの教会（モスク）は、偶像もない抽象的なドーム状の空間で、マッカの方を向いた西側に窪みがあるだけである。私の浅い理解かもしれないが、イスラムというのは、絶対的な神と無力な個人とのダイレクトな契約にもとづく宗教で、他者に強要することを求めてはない。もちろん「ムスリムでなければ人でない」という原理主義派もいる。それは9・11テロの実行犯がすべて高学歴のアラブ青年（一人のアフガン人もいなかった）であったように、知的青年たちの現代的病（魂の飢え）であり、イスラムという衣装に身を包んで現実に抗う、国際復古運動であると、私には思える。アルカイダが、高学歴の故国を追われた根無し草のインターナショナリストであるのに対し、タリバンは、土着の農民のメンタリティを持ったナショナリストである。

目に一丁字ないアフガン農民はどうか。建設した用水路が完成したとき、村の長老は「この地にドクター中村を遣わした神に感謝する」といい、西側援助団体ではタブーとされるモスク建設を中村医師が告げた時には「これで我々は自由になれる！」と叫んだのである。

私たちは神を我々の自由を縛るものとのみ考えていないか。過酷な自然と理不尽な戦乱に耐える人々にとって、神の桎梏《しっこく》がむしろ自由と感得される風土に、思いを致さざるをえなかった。

江戸の知恵をアフガニスタンで

二〇〇一年三月、アフガニスタンのタリバン政権が、バーミアンの石仏を破壊した。その時世界中で「人類の共通遺産に対する何たる暴挙！」と大合唱がおこったが、その背景に、四百万人が飢餓線上にあり放置すれば百万人が餓死すると世界保健機関（ＷＨＯ）が警告した大旱魃と仏教遺跡盗掘の横行があったことは、あまり知られていない。

当時、国連安保理による制裁で追いつめられていたタリバン政権内部の一部急進派は、偶像崇拝を否定するイスラム世界の中で、仏教遺跡が「盗掘という悪徳」を生み出していることに対する神の怒りとして、旱魃を捉えてしまったのである。

いまだに続くこの大旱魃を前に、医療活動の経験しかなかった私たちペシャワール会（中村哲・現地代表）は、これまで千六百本以上の井戸を掘り、六年前から全長二十キロを超える灌漑用水路の建設を進めている。

この用水路ですでに三千ヘクタールを超える畑がよみがえったが、建設工事で延べ六十万人以上の雇用が発生し、数万人の難民も帰還したのである。

参考にした用水路のモデルは江戸時代に作られた筑後川の山田堰（福岡）である。当時の庄屋たちは、用水路建設に失敗すれば獄門磔《はりつけ》を覚悟して藩主に願い出たという。中村医師は、九州各地の河川を見て回り、先人の知恵に触発されたのである。

採用した江戸時代の知恵は斜め堰だけではない。鉄線で作った長方形の籠に石を詰め、それに土嚢を積んで柳を植える蛇籠《じゃかご》工・柳枝《りゅうし》工という護岸技術も伝統工法である。十万本以上植えた土手の柳は、その背丈と同じ長さの根を水に向って伸ばし、しっかりと蛇籠を抱きかかえるのである。

現地の男たちは子供の時から自分の家を泥と石と日干し煉瓦で造る。つまり全員が石積みの技術を持つ。私たち外国人はいつかいなくなる。コンクリートでなく蛇籠（布団籠とも言う）であれば、洪水で破壊されても現地の人間だけで修復できるということである。

米軍増派と英国・ソ連の苦い記憶

アフガニスタン駐留米軍が、スレイマン山脈を越えて、無人機で攻撃を続けるパキスタン側の国境地帯がある。米軍はアルカイダやタリバンの出撃拠点とみなし、ビンラディンが潜んでいるとうわさされてもいる。麻薬や密輸の巣窟でもあり、最近は要人の誘拐も頻繁に起こっている。

このエリアは一般に部族自治区といわれ、アフガニスタン・パキスタン両政府が腫れ物に触るように扱ってきた地域で、米軍の攻撃は、事情を知らぬものが蜂の巣をつついているようなものである。私は幾度となくこの自治区を通過、カイバル峠を越えてアフガニスタンに入ったが、昨年から外国人の通過は禁止されている。

ここは歴史的にも複雑な地域で、行政的にはパキスタンの北西辺境州だが、住んでいるのはアフガン人である。歴史を百年ほど遡ると、英露の領土獲得競争《グレートゲーム》に行き当たる。当時大英帝国は現在のインド、パキスタン、バングラディシュを英領インドとして植民地にしていた。対してロシア帝国は不凍港獲得を目指して南下政策をとっていた。その両帝国がグレートゲームに鎬《しのぎ》を削るなかで、アフガニスタンの国境線は確定された。

その結果、アフガニスタン最大の民族であるパシュトゥンの居住地域のど真ん中に国境線が引かれ現在に至ってしまった。ソビエトとのアフガン戦争時には、この国境を三百万人以上の難民が越えたのだが、パシュトゥン民族に、国境の意識があるとは思えない。独立問題も間欠泉のように吹き出し続けている。

パシュトゥンは武を重んじる独立不羈《ふき》の民族で、十九世紀、大英帝国は三回戦争を仕掛けて勝利できず、二十世紀にはソビエトが十年のアフガン戦争の果てに敗退している。そして二十一世紀に入ると、この民族を主体とするタリバンによって、アメリカ軍とNATO軍が苦戦を強いられてすでに九年目になる。アフガニスタン増派を決定したオバマ大統領が、大英帝国とソビエトの苦い経験から何を学んだかは、定かでない。

無名の青年が写したもの

私たちペシャワール会のパキスタン・アフガニスタンでの医療と水と農業の支援活動に、これまで五十人ほどの日本人青年がワーカーとして参加した。みな無名の原木・原石のような青年で、任期を終えると日本や世界の各地へ風のように旅立っていった。経歴もさまざまで、高校中退者から大学院を終えたもの、ニートもおればボクサー志願もいた。おおむね学校教育にそぐわぬ感性を持ち現代日本の消費社会に居心地のわるさを感じている青年たちだった。

ワーカーになるための資格テストというものは特になく、「体が丈夫で、人柄がよければ採用」ということで、その面接を私が担当してきた。ただ青年の潜在能力は侮れぬもので、履歴書に「英会話能力皆無」と記した青年も、半年もすると現地のパシュトゥ語を使いこなし、元ゲリラ戦士も混じる荒くれ相手に、土木工事の現場をこなせるようになるのである。

昨年（二〇〇八年）八月二十六日に、アフガニスタンのブディアライ村で武装グループに拉致殺害された伊藤和也君も無名の青年の一人だった。彼は農業支援を志望したが、最初の一年は灌漑用水路の建設に従事。私は面接一年後の二〇〇四年に現地で再会したが、シャイだった青年が見違えるように逞しくなっていた。農場に移ると水を得た魚で、表情までが柔和になっていくのがわかった。

同僚や現地の農民と乾燥に強い作物の研究を進め、新しい品種にも挑戦していた。ケシに代わる換金作物として茶には期待するところが大きく、サツマイモは種芋の貯蔵問題にもめどがつきつつあった。しかし活動地域の中でも最も安全と思われたのどかな農村で、事件は不意打ちのように起きたのである。

伊藤君が亡くなり、子供たちの笑顔に象徴されるように、戦乱と旱魃のなかでも変わらぬ農村のくらしを写した写真が遺された。彼の死と彼の遺したたくさんの写真は、メディアが伝え難い、アフガニスタンの明暗濃い素顔を見せてくれることになった。

医者が失業する国

私たちがパキスタンで医療活動を始めて二十五年たつが、ある時思いがけないことを知った。マスツージというペシャワールからも二日がかりの地で会った医者が、辺境での待遇を嘆いた後、州内だけでも医者が千数百人失業していると言う。自分の耳を疑った。パキスタンに医者が不足しているから、支援にきているのではないかと。

原因は貧富の差、貧困である。いわゆる途上国では、ごく少数の富裕層が国の富の大半を所有し、残りを貧困層と極貧層が分け合い、日本のような教育を受けた中間層は少ない。それは貧しい国ほど大金持ちがいるということで、その子弟は、欧米先進国へ留学し最先端の技術を学んで帰国する。だから、先進国の人間が途上国で臓器移植手術を受けることも可能となる。

ではなぜ医者が失業するのか。夏は四〇度を超える地域で、マラリアや腸チフスにアメーバ赤痢など熱帯性の感染症が流行し、栄養や衛生状態が悪い上に衛生観念も低い。だから病人はたくさんいる。しかし医療保険制度がないために、「病人」でもお金がなければ「患者」になれないのである。患者が少なければ、必然的に医者は失業ということになる。だから大半の医者は、午前中は公営の病院に勤め、午後からは自分のクリニックを開き、そこに裕福な患者に来てもらうということになる。

こういう医療環境を考慮して私たちが対象としたのは、ハンセン病や極貧層の人々である。そうでなければ、外国人による無料に近い医療活動は、現地医師への営業妨害となるのである。

ところが問題はそれだけではなかった。私たちの病院は、診療費と薬代共に原則無料であった。ところが無料だと何が起こるか。朝早くから近所の元気な患者さんが並び、もらった薬をバザール（市場）で売り払うのである。そこで、十年前から、初診料をいくらかいただくことにして、元気な患者さんにはご遠慮願うことにしたのである。もちろん長期入院や極貧層の患者さんは、今でも無料である。

少年老いやすく……

図書出版といいながらこれまで本のことには触れずにアフガニスタンやイスラムのことばかり書いてきた(この連載は、出版社代表の肩書で綴られた)。この男ホントに本屋のオヤジなのかと、いぶかる読者もおられると思うので、少し本業のことを。

今年で編集者稼業も三十七年、出版社を立ち上げて三十年がたつ。車の免許もないが、出版社を始めるには何の免許もいらない。大学も中退なので、履歴書も出さずに七年ばかり福岡の小さな出版社で修業した。修業といってもそこの社長と飲んだくれていただけで、出張旅費の清算がたまったので退社。

ほかにできることはなく、布団屋の二階に事務所を借りた。中古屋で買ったスチール机一つのスタートで、最初の冬は換気扇から雪が吹き込み、さすがにストーブが恋しかった。春になっても大した仕事はなく、中古ソファで昼寝しないときは裏の城跡で、タンポポやノビルを摘んで野草酒など作っていた。

はじめの四、五年は、本らしい本は作れず、ただ時間はあったので、常田富士男さんの芝居や浅川マキのコンサートを請け負ったりしていた。そのうち興行だけではなく、ヨーロッパ中世史の阿部謹也先生や日本史の網野善彦先生の講座も開いた。特に阿部先生には後に『ヨーロッパを読む』（小社刊）という本に纏まるレクチャーを十五年にわたってやっていただいた。マキさんとの縁もいまだに続いていて、アングラの女王といわれた彼女の唯一のエッセイ集『こんなふうに過ぎて行くのなら』も小社から出すことができた。

阿部先生は、講義の後、博多の屋台で飲んだり、翌日能古島に行ったりと、東京ではあり得ないつきあいを楽しみにされていたが、一昨年亡くなられた。

先生は最初の講義の際、自分が学問の出発点で迷っていた時、恩師に言われたという言葉を語られた。「それをやらなければ、生きてはいけないテーマを探し出すことです」と。

怠惰な老生としては、この言葉が胸に刺さったままである。

用水路と自立定着村

私たちが二〇〇三年三月に着工したアフガニスタンの灌漑用水路が、ようやく完成しようとしている。全長二十五キロ、間接を含めると五千ヘクタールを超える田畑をすでに潤している。六年前、中村哲医師と砂漠化した荒野を見て回った。私の想像力では、その荒れ果てガチガチになった土地が、緑に甦ることを思い描くことはできなかった。

昨年末、私はカーブル空港を飛び立ち国際赤十字の小型飛行機で、事務所のあるジャラランバードに向かっていた。空から見る六千メートル級のヒンドゥクシュの山々は白く輝き、荘厳に静まっていた。わずかな山すそに暮らす人々の住居は、土石流で洗い流されたような泥色に溶けて、緑は見あたらない。白銀と土色の残酷なまでの対比に、打ち続く旱魃と飢餓を思わされた。

ジャラランバード空港に近づいた時、土色の中に緑の一帯が見えてきた。ほっとすると同時にそれが私たちの用水路によって維持されている小麦畑であることに気づいた。

用水路の最終地点は、ガンベリーという砂漠を横切る。ガズという乾燥に強い樹木数万本が防風林・防砂林として植えられ、二百ヘクタールの試験農場も作られた。用水路建設に従事した職員のうち百家族ほどが入植することになっている。治水技術を持った農民の職能的自立定着村の誕生である。そのアイデアを中村医師から聴いたとき、私は医師の構想力に心底舌を巻いてしまった。

自立村だけではない。ムスリムの精神的支柱であるモスクとマドラサ（伝統的学校）も完成する。手前みそながら、ここに農村の復興モデルができるのだ。

この用水路の完成によって、数十万の人々が生きていけるだけでなく、六年間で六十万人を超える雇用も発生した。この事業がなければ、難民になるか軍閥や米軍の傭兵になるしかなかった人々だ。治安の安定にも一役買ったといえる。かかった総工費は約十五億円。すべて会費と寄付で賄われ、日本政府からは一円もいただかなかった。

日の丸と憲法と安全保障

五月の連休に話す機会を与えられて東京と福島に出かけた。私たちペシャワール会はパキスタンとアフガニスタンで活動しているが、そのＮＧＯ活動を通して見える「日本国憲法」について語れということであった。

私たちは長年、身の安全のために四輪駆動車に日の丸を張り付けて活動していた。過去形で語るのは、湾岸戦争への百三十億ドルの拠出、自衛隊のインド洋での後方支援、イラクへの派兵と続く中で、車両から日の丸を外さざるを得なくなったからである。つまり一連の動きの中で、日本は米軍の同盟軍とみなされ、日の丸が武装勢力のターゲットになり始めたからである。

それまで、日本への親近感はきわめて強いものがあった。大きな理由は二つある。一つは日本が日露戦争で大国ロシアに負けなかったことへの称賛。もう一つは、ヒロシマ、ナガサキの惨禍を皆知っており、敗戦から技術立国として復興し、さらに経済大国となっても、他国への軍事的介入を一切行わなかったことにたいする敬意である。朝鮮特需やベトナム特需を考えると、それは美しき誤解であるが、その敬意が外国で活動する日本人の安全を、ある面保証していたことは否定できない。

私たちは、政治や平和に関して「運動」することはないのだが、身の安全上、自衛隊の派兵問題には、ぴりぴりせざるを得ない。その自衛隊に「現実的」な縛りをかけているのが「日本国憲法」である、というのが私たちの実感である。軍事的に弱肉強食と化した世界のなかで平和憲法を言うことを、「理想論」として冷笑する向きもある。だが、戦争を体験した先人たちの深い反省にもとづく頑固な知恵としてまた安全保障の要として、その精神を享受したい。

九条を変えれば自衛隊を主体的に動かせるという主張に対しては、それこそが空理空論であると言いたい。その時、日本軍を自在に動かすのは米国であることこそが、日米軍事同盟の縛りの中では現実的なのである。

ジルガとデモクラシー

ブッシュ政権がイラクに侵攻した際の口実に「デモクラシーの樹立」があった。アフガニスタンでも米国主導で大統領を選び「民主選挙」が強行された。「大量破壊兵器の製造阻止」という侵攻の大義を失った覇権国家の常套手段だが、空爆はフセイン政権やタリバン政権の「圧政」から民衆を「解放」するという名分にすりかえられた。

では、アフガニスタンという国は、時代錯誤の武装集団圧制下の暗黒世界だったのか。

実はアフガン農村には、独自の伝統的自治システムがある。日常のもめ事から高度な政治的事項までを協議決定する、ジルガ（長老会議）という。

日本の江戸時代を見てもわかるように、農を基盤とする国家は農村の自治システムと政治権力とのバランスのうえに維持される。アフガンの八割は農民が占める。タリバンとて、ジルガの意向を無視することはできない。

そもそもタリバン自体が農本主義的メンタリティをもったナショナルな集団で、軍事だけでなく、行政能力もある。根無し草でイスラム・インターナショナリズムを掲げるアルカイダとの決定的な違いである。

私たちは、山岳部無医地区の三カ所の村に診療所をつくった。しかし、はじめから喜んで受け入れられたわけではない。同地区に北欧の団体が建てた白亜の病院は、村人に拒絶され物置小屋になった。私たちは診療所を十五年以上維持しているが、村出身のスタッフを仲介とし、ジルガで十分に協議したのちに、土地を得て建てたのである。

先進国の人間は、デモクラシーだ近代教育だと、「善意」の青写真を描き、途上国にそれを押しつけがちである。伝統社会がそれを拒絶すると爆弾まで落とす。

ベトナム戦争敗北の理由のひとつとして、国防長官だったロバート・S・マクナマラは、相手の歴史、政治、文化に対する無知を上げた。それをオバマ大統領が知らないはずはない。

出口なき内乱の行方

アフガニスタンと国境を接するパキスタン北西辺境州が内乱状態になり、多くの住民が国内避難民になって州外に逃れている。その州都がペシャワールで、私たちの基地病院がある。

国境沿いでは反政府勢力と政府軍の衝突が頻発し、米軍の無人機による空爆が続いている。私たちのアフガニスタンでの用水路現場は山一つ越えた裏側にあり、上空を攻撃用ヘリがひっきりなしに飛ぶのを見た。病院の事務長は、いまや革命前夜の雰囲気だという。

この内乱の発端は国境沿いの部族自治区にアルカイダやタリバン残党が潜むとした米軍が無人機による攻撃を繰り返し、数千の民衆を巻き添えに殺戮したことにある。さらに現地で囁かれるのは、新式の銃を持った謎の武装集団が現れ、その背後にアメリカの影があるという。まさに百鬼夜行の世界である。

軍のクーデターで政権を奪った前大統領に代わったザルダリ氏は、米軍の圧力で、反政府勢力の掃討作戦に踏み切った。ところがこの暗殺されたブット前首相のご主人はミスターテンパーセントと呼ばれた御仁で（一〇パーセントのわいろを取るので）、はなはだ人望のない大統領である。米国や大統領に信をおかない民衆だけでなく、軍中枢も反政府勢力にシンパシーを持つといわれる。前にも記したが、この地域は行政的にはパキスタンだが住んでいるのはアフガン人という、複雑な歴史を抱えている。まさにアメリカは巣をつついてハチを追い出したのである。

オバマ米大統領はブッシュ政権から、軍事だけで他国を支配することは不可能ということを学び、民政支援こそ重視すべきだといっている。ただこの民政も軍事作戦補強のソフト面にすぎないのであれば、民心を得ることはありえない。そればかりか、医療や農業復興を専らとする私たちＮＧＯも新戦略の軍民一体の存在と見なされ、災いが及ぶ。米軍にしろ反政府勢力にしろ、地を這う人々に思いをいたさない限り、出口は見えない。

本流には真実がない

アメリカで二〇〇一年に同時多発テロが起きたとき、私たちペシャワール会は、アフガニスタンで活動を続けて十年になろうとしていた。活動は医療を柱とし、山岳地帯に三カ所、首都カーブルに五カ所の診療所を持っていた。

前年の二〇〇〇年には、世界保健機関（WHO）が「このまま放置すれば、一〇〇万人が餓死する」と警告する大旱魃が起こったため、水源確保事業も開始、土地の農民とともに一六〇〇本ほどの井戸も掘った。

当時、非政府組織（NGO）や国連組織の大半は、安保理制裁に対するタリバン政権の報復を恐れて、国外に脱出していた。

ふり返れば、私たちはいつも世界の「本流」の逆を行っていた。復興支援の国際組織が、スポットのあたる都市部に向かうとき、私たちは山岳地帯に診療所を建てた。彼らがタリバン政権の報復を恐れて首都から脱出したときには、無医地区になったカーブルに診療所を開いた。「国際社会」が支持した空爆の中でも、住民に対する診療と井戸掘りは続けられた。

ペシャワール会現地代表の中村哲医師は言う。

「みんなが行くところには、誰かが行くから行かなくてもいい。誰も行かないところにこそ、行く必要がある」

これは一言で言うと、天の邪鬼である。ただ私たちの体験で言うと、皆が同じことを言い始め、同じ方向にどっと流れる「本流」には、天動説の例えを持ち出さなくても、真実はないように思える。

9・11の直後、空爆が激化すると、日本人は一時パキスタン側へ避難するよう強い勧告を受けた。中村医師が、「必ず戻って活動を続ける」と現地スタッフに伝えると、ひとりの長老が次のように答えた。

「世界には二通りの人間がいる。ひとつは無欲に他人のことを思う人たちである。もうひとつは、自分の利益を図ることのみを考える、心の曇った人たちである。あなた方日本人がどちらであるか、お分かりでしょう」


（二〇〇九年一月―六月）

旱魃のアフガニスタンに用水路を拓く

昨年（二〇一〇年）三月、アフガニスタン東部に完工した全長二五・五キロのマルワリード（真珠）用水路の中間地点、ダラエヌール渓谷の入り口に、私たちが建設したモスクとマドラサがある。マドラサとは、イスラム世界の伝統的な初等・中等教育機関で、クラーンを基礎にした神学校である。ここで日本の小中学校にあたる年齢の少年六百人が学んでいる。マドラサで学ぶ子どもたちのことを、単数でタリーブ、複数でタリバーン（神学生）と呼ぶ。このことからマドラサは狂信的タリバーンの養成所であるというのが、欧米先進国のオブセッションに近い通念で、日本のメディアでもマドラサでクラーンを手に全身を揺すりながら暗唱に励む子どもたちの映像のあと、アフガンで武闘訓練をするアルカイダらしき映像が流されるというのが定番になっていた。

確かにマドラサではクラーンを基礎に教育が行われているが、それはキリスト教系や仏教系の学校で聖書や仏典を基礎に一般教育が行われているのと何ら変わらない。ここでは数学や英語、科学の授業も行われているのである。

八割が農民、一割が遊牧民といわれるアフガニスタンの人々は、一般に保守的である。もちろん町に行けばパソコンがあり、パラボラアンテナも乱立している。二〇〇一年以前には固定電話ですら見ることがまれであったのに、いまでは携帯電話があふれている。アフガニスタンへの軍事介入と「アフガン復興」が、グローバリズムの波を加速したともいえる。しかし一歩村に足を踏み入れると、この数百年変わっていないのではないかと思わせる質素な生活が営まれている。その村の農民たちが、欧米諸国の援助で出来た近代教育を旨とする小学校よりもマドラサに子どもたちをやりたがるのは自然である。

ペシャワール会の現地代表である中村哲医師がモスクとマドラサの建設を伝えた時、村の長老たちは次のように答えた。

「これで解放される、これで自分たちは自由になれる」

中村医師によると、「用水路の建設を伝えた時よりも、村人は高揚していた」という。

私たちは、イスラム文化に生きる人々のことを、「絶対的な神の前にひれ伏す無力な民」あるいは「全能の神の名の下に、狂信的なテロを行う無知な民」と思い込んでいないだろうか。

アフガニスタンに限っていえば、二〇〇〇年に始まる大旱魃以前は、穀物自給率が百パーセントに近い豊かな農業国だったのである。荒廃した山と砂漠の国を狂信的なテロリストが横行している、というイメージとは異なる穏やかで牧歌的な農業国である。ソビエト侵攻によるアフガン戦争から三十年以上、アメリカの侵攻から十年以上、その戦争に加えて大旱魃や大洪水が起こる。人災と天災によって痛めつけられ、難民や傭兵になることを余儀なくされた人々が、用水路によってようやく田畑が甦り村での生活を取り戻せる時、モスクとマドラサが出来るのである。その人々が感じる「自由」と「解放」の意味を、先進国は考えるべきではないだろうか。

蛇足ながら、9・11事件の実行犯十九人は全て近代教育を受けた高学歴のアラブ青年たちで、アフガン人は一人もいなかったのである。

ペシャワール会が、中村哲医師のパキスタン・ペシャワールでのハンセン病診療を支える目的でスタートして二十八年が経つ。ハンセン病診療を柱としつつ、基地病院と十カ所の診療所を運営してきた。しかし米軍のアフガニスタンへの侵攻や治安悪化で、現在では一カ所の診療所だけが機能している。私たちの診療活動を妨げたのは、米軍や治安悪化だけではない。大旱魃による渇水、砂漠化がさらに追い討ちをかけた。旱魃で診療所のある村がまるごと難民化することもあった。診療所があっても水がないことには、生存そのものが不可能な事態まで追いつめられていたのである。中村医師は言う。

「飢えと渇きは薬では治せない」

私たちは、まず井戸を掘り始めた。アフガニスタン東部で一六〇〇本以上の井戸を掘り、四〇カ所ほどのカレーズ（伝統的地下水路）を修復した。しかし問題は飲料水だけではなく、生存の基礎である大量の農業用水の確保であった。

農業用水路となれば大掛かりな土木工事である。医療チームにとって無謀とも思える用水路事業は、中村医師自身が設計図を描き、自らユンボなど重機を運転して進められたが、その治水技術は日本の伝統工法を参考とした。

用水路は決壊するものである、ということを前提にした時に、コンクリートを多用する近代工法だと土地の人々にとってその修復は、技術的・財政的にみて困難を伴うことになる。実際、外国の援助団体によって建設されたものの決壊後そのまま放置された現場を、私たちはいくつも見てきている。自然は、人間の事情にお構いなしに、恵みも災いももたらすのである。

そこで私たちが主に採用したのは、江戸時代に完成した「蛇籠工《じゃかご》」と「柳枝工《りゅうし》」による護岸である。これは鉄線で編んだ四角い籠の中に石を重ねたものである。これを用水路の両岸に積み上げる。その蛇籠（布団籠）の上に土嚢を積んで柳を挿す。柳の根は水を求めてその蛇籠の石の間にネット状に入り込み絡み付く。蛇籠の針金が切れる頃には、柳の根がしっかり石を抱きかかえる。

アフガン人は家を石と泥と日干しレンガで築き、子供も手伝う。だから男たちは生まれついて石積みの技術をもっている。彼らにとって蛇籠であればその修復・保全は難しいことではない。取水口の斜め堰も、江戸時代に作られた福岡県筑後川の山田堰を、中村医師が現地踏査のうえモデルにしたのである。

用水路によって復興した田畑は三千ヘクタール。およそ十五万人の生存を確保することができる。工事には連日五百人ほどの作業員が従事したので、七年間で七十万人以上の雇用を確保したことになる。用水路工事が無ければ難民になるか、軍閥や米軍の傭兵になるしかない人々である。用水路工事が巧まずして地域の治安安定に寄与したのである。総工費は約十八億円、全て会員の会費と支援者の寄付による

さらに用水路の最終地点であるガンベリー砂漠に二百ヘクタールの試験農場を開墾した。スイカ、ピーナツ、綿花などを栽培し多くの収穫ばかりか、稲作の稔りも得たのである。ここには「自立定着村」の建設も行っている。用水路の建設現場で治水技術を習得した作業員＝農民の家族が入植し、農業をやりつつ用水路の修復・保全を行うことが期待されている。

ところが自然は、私たちの事業に対して仮借ない試練を加えてきた。旱魃の打ち続く大地に、百年に一度という大洪水が起こったのである。昨年の七月末、パキスタンの北西部に数千人の被害を齎《もたら》したモンスーンは、私たちの活動地域のクナール河沿岸の村と農地を削り去り、百人を超す命を奪った。幸い私たちの用水路そのものは致命的な損害を免れたが、対岸の穀倉地帯カマ地区に甚大な影響を及ぼすこととなった。結論から言うと、このカマ地区の取水口建設と対岸ベスードの護岸工事に、中村医師と現地ワーカーは、全力を投入することになったのである。それは昨年十月から今年二月までの渇水期（河の水位が下がり工事可能。春には増水）という、時間の

限られた、それこそ命がけの闘いであった。そして日本側が固唾をのんで見守るなか、取水口は二月末通水したのである。この復旧工事は、この七年間用水路工事で培われたアフガン人ワーカーの治水技術の結晶でもあった。

私たちは七年がかりで用水路を完工することで、十五万人の生存の基盤を確保し、さらにモスクとマドラサを建設した。砂漠に試験農場と自立定着村も建設している。このことで私たちは、アフガニスタンの一地域において、その復興支援モデルを提示できたのではないか、と考えている。整理すると以下のようになる。

①用水路＝生存の基盤
②モスク・マドラサ＝精神の拠り所
③自立定着村（試験農場）＝用水路の修復・保全機能

私たちは、これまで「平和」について議論することはなかった。しかし水によって甦った村の田畑と子どもたちの群れ遊ぶ姿を目にする時、目指すべき「平和」を実感することができたように思える。

（二〇一一年八月）

V

本が放つ九州・沖縄の磁力

大牟田に眠るマグマ

『わらうだいじゃやま』（内田麟太郎・文／伊藤秀男・絵　石風社）

大牟田の町にはよく通った。亡くなった友人の画家が住んでいて、近所にあった焼鳥屋でいつも飲んだ。とり皮の串一本五円（今では十円か）で冷房も暖房もなく、たたきにはキノコのようないすが並んでいた。

昔、組合の闘士だった老主人は、まゆが焦げるほど七輪に顔を近付けて串を焼き、寡黙な雰囲気をまとわせていた。当時町にはウナギ釣りの夜店がいくつも出ていて、酔った私らでも五百円で三匹釣れたりした。

大牟田と炭坑が語られなくなって久しいが、五年ほど前にある絵本がきっかけで大牟田を再発見することになった。実は大牟田には意外と知られていない勇壮な祭り「大蛇山」がある。

毎年七月の第四土日には、龍とも見まがう巨大な大蛇の山車が口から火炎を盛大に吐き練り歩く。粋な若い衆ときりりと色っぽい娘衆が「よいさよいやさ　ジャジャンコジャン」とかけあう。江戸初期までさかのぼる祭りで、悪病払いの祇園信仰と水神信仰が習合したものだと言われている。もうもうたる火煙とビリビリする喧噪の中に、他の祭りでは経験し難い興奮を覚える。

その大蛇山の絵本『わらうだいじゃやま』を書いたのが内田麟太郎さんで、大牟田の出身である。麟太郎さんは最近では『ともだちや』シリーズという、人のピュアな部分を喚起するベストセラーも出しているが、その作風の基調は『さかさまライオン』（絵本にっぽん賞）、『うそつきのつき』（小学館児童出版文化賞）に代表されるように、いわばノンサンスである。ライオンとその影の主従関係が闇夜を界《さかい》に逆転してしまう物語にみられるように、既成の意味や観念を転倒したり解体したりして、読者を異界へと解き放つ。私は麟太郎さんのことを、「少年の心をもったアナキスト」と思っているのだが、それは麟太郎さんが十代を過ごした、五十年前の大牟田の町のエトスと無縁ではないだろう。今では静かにみえる大牟田だが、その底には龍のようなマグマを秘めているのだと思う。

（二〇〇四年四月）

福岡の風土

『玉葱の画家　青柳喜兵衛と文士たち』（多田茂治　弦書房）

秋の初め賢治祭の開かれた岩手・花巻市を訪ねた。イギリス海岸（北上川）の畔に立ち、羅須《らす》地人協会の看板のある建物にしばし憩い、宮沢賢治の実家で命日の精進料理を頂いた。そして、イーハトーブと賢治が呼んだ町にあって、夢野久作を生んだ福岡の町を思った。

花巻の町はよそ者の目から見ると、賢治一色である。町全体が賢治という視点から読み直されたテキストといってもよい。さてわが町、福岡はどうか。久作資料館もなければ近代文学館もない（＊福岡市文学館があると指摘を受けた）。福岡の町を久作的視点で読み直せばいかなることになるか、と思っていた時にこの本に出会った。

多田茂治著『玉葱の画家——青柳喜兵衛と文士たち』は、夢野久作や火野葦平の挿絵を描き、画家として詩人として異彩を放ちながらも三十代で夭折《ようせつ》した、博多人の評伝である。

私は、博多川端の青果問屋にして武道家、通称「蓮根屋」の青柳喜平を父とするこの画家のことを、正直知らなかった。いや、それとは知らずに見た一枚の絵だけにはその色とともに強烈な印象が残っていた。その喜兵衛による夢野久作の赤っぽい肖像画を、私はこれまで久作の自画像だと思い込んでいたのだ。

この二人の背後をみれば、筑前勤王党から玄洋社までの血脈・人脈が地下茎のように横たわっている。周知のように、久作の父、杉山茂丸は、頭山満とならび明治・大正政界に隠然たる影響力を持った怪人であり、喜兵衛の父は頭山らを育てた向志塾の高場乱《おさむ》と同じ流派の武道家である。浅からぬ因縁ながら、二人は久作の新聞連載小説「犬神博士」の挿絵画家として出会い、その関係は久作の早すぎる死によって断ち切られるのだが、玄洋社的なるもの、あるいは強大な父の桎梏から逃れるように文学や絵画に向かった二人の才能は暗示的である。

本書は、喜兵衛の交友関係を周辺の文学誌によって丹念に掘り起こし、政治から文学までさま

ざまな光源を交差させ、今、福岡の風土が失ったものを、陰画のように照らし出す。（二〇〇四年十一月）

熊本在住の思想家

『日本近世の起源』（渡辺京二　弓立社）

読みながら静かに興奮した。室町後期から徳川期における支配関係、そして平和や自由や個という概念を論じた本である。著者は熊本在住の渡辺京二氏。

『日本近世の起源』は、日本中世に関する先入観を打ち砕く、驚くべき発見に満ちた書である。主要なモチーフは「近代的理念と全く異なる心性と社会構造に立ちながら、なおかつ親和感と美に満ちた」徳川期の文明が、戦後の進歩史学がいうように、その前期権力による「民衆の圧殺」の上に築かれたはずがない、ということである。

副題に「戦国乱世から徳川の平和《パックス・トクガワーナ》へ」とある。最近の江戸時代再評価は、武士支配による抑圧的な暗黒世界から、想像力と遊びの精神に満ちた豊かで活力ある時代「江戸」に逆転した。では二百七十年の平和を保ち、世界でも稀有な文化を培った江戸を準備したものは何だったのか。ここで、著者による日本中世史学の読み直しが始まる。勝俣鎮夫、藤木久志、笠松宏至という歴史家の業績の上に、当時来日した外国人の視点も導入して展開される「試論」は、スリリングといえる。

例えば、織豊期の女性は、飲酒もし自由に旅に出た。「自分の財産を持ち、しばしば夫を離縁する」乱世である。雑兵たちは戦場で略奪を生業とし、捕虜になれば外国にまでも売り飛ばされる。村は「自力救済」として武装する。山林や用水は村の生命線である。それを巡る争いは死者を出す武力抗争にまで発展する。調停する上部権力が機能しなければ、アナーキーが出現する。それを戦後の進歩史観は、自立する農民の自治への希求と読み、人民主権の芽を権力が圧殺したと嘆いた。

著者の考えは違う。農民が領主に求めたのは権力の移譲ではない。彼らが求めたのは領内における平和と秩序の維持であり、それが領主たる資格であった。そして長い乱世の果て、農民の願望要求を領主層が把握し直したところに成立したのが徳川幕藩制という新しい領主農民関係であり、そこにこそ徳川の平和があったのである。

（二〇〇四年三月）

対馬の寄合

『忘れられた日本人』（宮本常一　岩波文庫）

宮本常一氏の代表作である『忘れられた日本人』は、民俗学の古典といってもよい作品であるが、農民や漁民のくらしを、戦後の早い時期に土地の古老から聞き取ったものである。私にとって時折読み返す数少ない一冊であり、外国に赴任する友人には必ず薦める一冊である。

　この本に収録されている「土佐源氏」を読んだのは、もう二十年以上前になる。その時私は、盲目の元馬喰《ばくろう》が語る色懺悔にぞくぞくする感動を覚えた。土佐檮原《ゆすはら》の橋の下にすむ老乞食は「いちじく形の頭をして、歯はもう一本もなく頬はこけている」。盲目になったのも極道の報いであるといいつつ、父なし子であったこと、子守り娘達とよからぬ遊びをしつつ育ったこと、そして馬喰としての無頼の日々を、かいこが糸を吐き出すように語る。「人は随分だましたが、牛とおなごだけはだまさなんだ」という色懺悔のクライマックスは、身分違いのお方様との密通である。牛のまぐわいを息を詰めて見つめ「牛の方が愛情が深いのかしら」と言うお方様に馬喰は、「この方はあまり幸せではないのだなあ」と思いを致す。匂いたつエロスは、ふたつの渇いた魂の飢えが、越えられない身分差の裂け目に流れ込むところに、成り立っている。

『忘れられた日本人』には、夜這いや歌垣そして田植え時のエロ話のように、おおらかなエロスも通奏低音の一つとして流れているのだが、数代を遡れば私たちの大半がそうであった「百姓」の原像のようなものが記されている。それはいかに美質であっても復活かなわぬものだが、それを記憶としても失えば、私たち日本人の魂の核を亡失するに等しいと思える何かである。

　この短い文章でそれを伝えるのは難しいが、例えばこういう話である。

対馬の民俗調査に行った宮本氏は、昼間精力的に聞き書きをした。村に入るにも徒歩で生米持参の時代である。その聞き書きを整理し、夜を徹して古文書を筆写する。膨大なエネルギーだが、インターネット時代の私たちが何を失ったか、瞭然とする。

写しきれないので文書を借りたいと申し入れるが、返事は数時間待っても来ない。区長に連れられて「寄り合い」の場に行くと、会場の板場に二十人ばかり、周りの樹に三人四人と寄り掛かり話し合っている。話し合いはもう二日に亘り「夕べも明け方近くまで話し合って」いたという。文書の話も朝方でて文書を巡るさまざまな古い話題に広がりつつ、今はまた別の話に移っている。途中食事に帰る者もあれば眠る者もいる。話し合いは自在に行き来しながらも結論が出るまでじっくり続けられた。

さらに四ヶ浦の共有文書を見たいと頼むと、半日ほどの連絡のあと、それぞれの総代が羽織姿に正装して小舟でやってくる。協議のあと借りた古文書を一昼夜掛けて写して返すと、総代たちは月の出た夜の海に、お礼も受け取らずに漕ぎ出してゆくのである。

（二〇〇四年六月）

『隠された風景』（福岡賢正　南方新社）

「生」の感覚をとり戻すために

子どものころ家で祝い事があると、飼っている鶏をつぶすのはごく日常の風景だった。私の家では母親が殺し私が手伝わされた。日本では、牛や鶏を屠殺する場面は隠されて久しいが、アジアの国々ではまだ日常の風景として残っている。

私はパキスタンの山の中とモンゴルの草原で羊の屠殺の現場に立ち会い、その肉を頂いた。パキスタンでは「ビッスミッラー（アッラーの御名において）」と唱えつつ血は大地に流した。モンゴルでは首の切り口から指を入れて頸動脈をちぎり、血は一滴も流さなかった。

ところが日本では「死」にまつわる風景はことごとく隠されタブーとされる。またその「死」にかかわる者たちは賤視されることとすらある。福岡賢正著『隠された風景』は、ひとりの新聞記者が、そのタブーに挑んだルポと考察の書である。私は共感しつつ息を詰めて読んだ。

本書によると、福岡県動物管理センターで九八年度に捕獲したり、飼い主が不要と持ち込んだ犬猫の内二万千百二十一匹が安楽死させられた。ペットブームやアニマルセラピーが提唱される裏で、毎年数十万匹の犬猫が処分される。そうすることで市民社会の安全の一部が確保されているのだが、小学校からの通報で野良犬の捕獲に行くと、教師から「生徒の前では捕まえないでくれ」といわれ、民家の主から塩をまかれることとすらあるという。

食肉についても同様である。食の必需品である牛豚鶏は当然屠殺解体され食肉として供される。ところが私たちは、他の生き物の「死」によって「生かされている」という事実に目をつぶることで、食肉を「消費」し続けている。

確かな「生」の感覚を取り戻すためにも、「死」は隠されてはならないという著者の悲痛な思いに希望がない訳ではない。このルポを企画した時、新聞社内部でも反発を危惧する声があった。現場の抵抗もあった。しかし、連載が始まると共感の声が大多数だった。本書は、現在のジャーナリズムの「事なかれ」を旨とする風潮への一石でもある。

（二〇〇五年一月）

差別の闇

『検証・ハンセン病史』（熊本日日新聞社編　河出書房新社）

一冊の本によって蒙《もう》を啓かれると同時に、そこに横たわる深い闇をも知らされた。『検証・ハンセン病史』は、国内最大のハンセン病療養施設「菊池恵楓《けいふう》園」のある地元紙が連載した労作である。その視線は複眼的で、入所者の聞き書きをベースに、国家、医療行政、医者、医学界、療養者組織、教育者、宗教者からメディア自身にまで及び、問題を総体として解き明かそうと試みている。

「らい予防法」廃止が大々的に報道されたことによって、医学的に見れば「感染症に過ぎない病」への隔離政策の異様さが明るみに出たのは、九六年春のことである。それを受けて元患者たちが起こした「国家賠償請求訴訟」に、二〇〇一年熊本地裁が原告側勝訴とした。国は小泉首相の「勇断」で控訴を断念し、ある決着がついたかに見えた。

ところがこの連載後の二〇〇三年、恵楓園の入所者たちの宿泊を熊本県のホテルが拒否したことで問題の根深さが露呈した。闇の深さは、ホテルが宿泊拒否したことよりも、それに抗議した入所者たちに向けられた匿名の陰湿な誹謗《ひぼう》の数々が象徴する。

ハンセン病は、日本には仏教伝来と共に入ってきたと言われるが、世界的歴史的に排除や差別を受けて来た病である。一八七三年、ノルウェーのアルマウェル・ハンセンによってその原因が「らい菌」であることが発見されるまで、業病とか遺伝病とされてきた。感染力も弱く、一九四七年には特効薬プロミンの試用が開始されたにもかかわらず、隔離政策は続けられた。

無知や偏見だけではなく、医者や官僚というインテリの「科学的知識」が、隔離の構造をいかに作り庶民の差別意識を助長し固定化していったか、慄然とする。さらに恐ろしいのは、それが保身や利害だけではなく、時には「善意」によることもあったということである。

人間存在の闇と共に、その深淵を見据えぬことには、差別克服もかなわぬことを思い知らされる。

（二〇〇四年六月）

専門領域の殻を打ち破る

『水俣学講義』（原田正純編著　日本評論社）

『水俣学講義』を読むと、「水俣病事件」とは何であったのか、という問題と共に、学問というものの本質とは何か、ということを考えさせられる。

言うまでもないことだが、水俣病はチッソという企業の工場廃液によって不知火海一帯が汚染され、数万の人々が甚大な被害を受けた世界史的な公害事件である。しかもそれは一私企業の犯罪であるばかりでなく、それを監督すべきであった国家、原因究明すべきであった科学者（医者）の責任が問われた事件でもある。さらにその矛先は、利潤追求や「進歩」のためには弱者切り捨てもやむなしとし、高度工業化社会の果実を享受してきた私たち自身にも向けられている。

また、水俣病事件は、責任回避と幕引きのために「権力」と「科学的知識」を駆使した「専門家」集団に対し、徒手空拳でそれにあらがった少数の被害者とそれを支え続けた「素人（アマチュア）」の闘いでもあった。

本書はそのアマチュア精神に満ちあふれている。学生たちへの講義録である故に平易であるが、内容は極めて高い水準にある。医者、環境学者、元チッソ労働者、写真家、新聞記者、法学者、在野研究者、生物学者、患者、経済学者などが、専門領域の殻を打ち破る話を展開する。スリリングなのは、無味乾燥な「学問」としてではなく、自分の「生」とクロスさせながら語っているからである。それぞれの「水俣」を語りながら、閉塞感のなかにある若者への熱いメッセージにもなっている。

本講義が「水俣病学」ではなく「水俣学」と名付けられるについては、「水俣病事件」を人類史の負の遺産としてだけではなく、なんとか人類の「豊かな経験」へと拓いていきたいとする、主催者の思いが込められている。

講座が開かれているのは、地元の国立大学ではなく私学の熊本学園大学である。しかもその中心人物が長年水俣病に関わりながら熊本大学医学部を辞した原田正純氏であるということの意味は深い。

（二〇〇四年八月）

異質を抱え込む豊かさ

『姜琪東俳句集』（石風社）

『姜琪東《カンキドン》俳句集』は、同時に刊行され反響を呼んでいる『身世打鈴《シンセタリョン》』（石風社）の抜粋一二〇句を含む、姜琪東の俳業の集大成ともいえる六〇〇句の句集である。

『身世打鈴』は、著者が、「俳句という名の短刀《ドス》を逆手にとって日本人の胸元に突きつける」（東京新聞）と書いたように、著者の在日としての「怨《オン》と恨《ハン》」の半生を、日本固有の表現形式で吐き出したものである。

シンセタリョンとは、自身の身の上話を、掻き口説くように語ることである。語りである以上、聞き手が必要である。聞き手は誰か、私たち日本人である。

指紋とられ黙つて戻る西日中
祭の夜肌身離さず外人証
帰化せぬと母の一徹火蛾狂う

生地でありながら異境である、そういう地での疎外と慟哭《どうこく》を詠う句に対し、聞き手はどういう態度をとるべきか。ただ、日本人に頭《こうべ》を垂れさせるだけでは、著者の「恨」も溶けるはずはない。まして俳句という文芸としての豊かさは、そういうところにはない。句は倫理ではないはずである。それでもこの句集が私たちの心を揺さぶるのはなぜか。姜琪東氏は、ここでは作者であることを超えて一個のシャーマンになっている。体験を突き抜けて語ること、そのことが歴史的な加害者・被害者という立場を超えて、読むものの魂を揺さぶり浄化するのだと思う。

李恢成氏はこの句集を評して「『恨』とか『怨』の感情領域が、日本語を活性化し異化しながら、その世界をおしひろげようとしている」（毎日新聞）と書いた。日本も日本語も常に異質なものを抱え込むことによって、豊穣になってきた。それは、渡来人の例を持ち出すまでもないことである。

『身世打鈴』が日本語を揺さぶる「恨」の島ならば、『姜琪東俳句集』は、さしずめたゆたう海原である。在日のひとりの男の半生をじっくり煮詰めた作品『身世打鈴』に焦点を合わせていた視線をぐーっと引くと、その周りには深々とした生活者の海が広がってくる。

解雇して汗のハンカチ投げ捨てぬ

信頼してゐた部下が業務上横領で逮捕さる
獄のなか冬の花火の聞こゆるか

ここには在日という立場を離れた、ひとりの生活者の顔が現れる。著者は、実業家として冷徹なビジネスの世界に生きている。そこには、韓国人でもなくまして日本人でもない、「在日」という宙吊りのアイデンティティをえらんだ男の「生」とは異相の世界が展開する。そこで詠われる句のニュアンスは、『身世打鈴』のある意味で赤子のようなナイーブさに比してしたたかで酷薄ですらある。

あたり前の話だが、著者は実業家としてだけでなく、家庭人としてまたひとりの男としても、十分に世俗を生きているのである。

月おぼろ虫のかほして飯を食ふ
冬埠頭指鉄砲で妻を撃つ
父と子の無言の対座月のぼる
全裸にて見おろす雪のホテル街

妻や子との葛藤は、日常のありふれた出来ごとである。それに、在日としての異和が影のようにしのびよる。しかし、そのことが著者の生をより輪郭のあるものにしている。それは苦さを含んだ生の確認でもある。

綿虫を見てゐて眉の痒くなる
ごきぶりの飛んで逃ぐるは卑怯なり
かたつむり殻を捨てては生きられず

かたつむりの殻を、国家や民族と深読みせずとも、飄逸《ひょういつ》なセンスに溢れている。川の流れに逆らいながら、飄然と佇つ一本の棒杭のような孤独とユーモアがある。
人間の「生」の幅はいかなる思想信条よりも広く深い。この『姜琪東俳句集』の魅力は、猥雑な生のなかに、『身世打鈴』をも取り込むことによって、そのことを示しているところにあるように思える。

（一九九八年）

詩作品の再発見　『サンチョ・パンサの行方　私の愛した詩人たちの思い出』（小柳玲子　詩学社）

毒と愛情がないまぜになった不思議な味わいの詩人論である。自己批評と品性を備えた文章の後味は悪くない。

本書は、石原吉郎をはじめ著者と「激しく」親交のあった五人の詩人たちの「思い出」を綴ったものである。全て故人だが、ただの追悼文や詩人論と思って読むと、血が泡立つほどの毒にあたる。

五人のうち著明な詩人は表題の石原ひとり。しかし生真面目ゆえに屈折し「痛々しい詩を書くことになる」杉克彦や人を魅了する詩を書きながら「どんなことも喜びの方角へもっていくことのできない辛い性癖」の詩人北森彩子について記された文章も胸に響く。

一九七七年に亡くなった石原吉郎はすでに伝説の人である。七〇年前後に学生であった私達には、シベリア抑留体験を記した石原の散文集『望郷と海』の衝撃は深かった。それは過酷な体験を「告発することなく」、ひたすら己を凝視することで抽出された、苛烈で美しい思想と受け止められた。

若かった読者が持つ石原像は、日本に生還したものの、身内や世間から拒絶され、孤立のなかで詩作（思索）し、孤独に死んでいった修行僧のそれであった。

しかし著者は、そんな「世間一般」の理解や本人のエッセイの中には、「真の石原吉郎はいない」と言い、「散文の仕事はあくまでも詩の付録」と言い切る。

初めて会った頃、石原は、「詩だけを見なさい。詩に直接関係のないことに惑わされては駄目です」と著者に言ったという。その孤高に見えた詩人が次第に詩壇の賞や世俗的序列にこだわりはじめ、嫉妬や浮世の淋しさに翻弄され、孤絶のなかで「毀《こわ》れて」ゆく。

痛ましくはあるが、その作品や人物を貶《おとし》めるものではない。むしろ石原の世俗的な「一断面」をとば口に、これまで語られてきた幻想を引き剥がし、詩作品本来のあるべき場所へ定置し直そうとしている。そうすることで、私たちも石原の詩作品の再発見という現場に立ち会うことになる。

（二〇〇五年二月）

『焼身』（宮内勝典「すばる」三月号　集英社）

聖なる空虚

作品は、作品そのものに語らせるのが原則である。本書を読むと、純粋なる作品と俗なる表現者の関係という、ありふれたしかし解きようのない問題にも行きあたり、作品の再読を促される。

四十年ほど前のサイゴンで、世界を震撼させる事件があった。ひとりの僧が頭からガソリンをかぶり、自らに火を放ち、南ベトナム政府とアメリカに抗議の焼身自殺を企てたのである。

著者が、九・一一事件によって生じた世界の亀裂と変容の中で、「なにか、信頼するに足るものはあるか」という問いを前にして、既成の思想を一つ一つ消去し去った時に、二つの形象が残った。それは絶対非暴力のガンジーであり、著者がX師と名付ける炎に包まれたベトナム僧であった。

著者はハルビンに生まれ南九州の火口湾の町で育った。十数年をアメリカで暮らした後、現在日本で活動する小説家である。処女作『南風』以来、常に周縁から世界を見るコスモロジカルな視点に貫かれている。

最新作『焼身』は一見ルポルタージュ風の小説である。主人公は私立大学の非常勤講師にして作家、ほぼ自身のことであるが、九・一一は著者に衝撃を与えただけではなく、世界に対して関心を喪失していた著者の生徒達を逆説的に蘇生させた。

作家は妻と二人、僧の実像を探るベトナムへの旅に出る。妻との間にはエロスをめぐる様々の葛藤があったことが伏せられている。

人々にいまなお敬愛されているX師こと「クアン・ドゥック」には、伝記すらない。しかし謎は次第に解きほぐされ未知の扉が開かれてゆく。そのことは本書を読む快楽の一つなのだが、肝心の僧その人については人柄さえ解らない。性愛を含めた人間臭い人物を見い出そうとする作家に対して返ってくるのは、禅問答のような「妙」という言葉であり、「仏の生まれ代わり」という答である。

旅の終わり、「焼身」が「たったひとりのアジア人の精神力で、全世界を震えあがらせ」るために、仏教会によって用意周到に計画された「焼身供養」であったことが明かされる。しかし、僧その人については「聖なる空虚」であるかのごとく何も分からない。

そのことが問いとしての人や世界を暗示して、深い読後感を残すことになる。（二〇〇五年三月）

ネット社会の欲望と危機

『顔のない裸体たち』（平野啓一郎　新潮社）

物語はあるサイトに投稿された、野外での性行為の場面から始まる。顔にはモザイクがかけられている。登場人物は、一組の男女で、男は自分の受けた学校教育やイジメに根深い恨みを持つ市役所職員。女は、ごく目立たぬ学生生活を送ってきた中学の社会科教師である。

男は恋愛体験がなく、風俗関係の女性としか性交渉を持ったことがない。女性教師は日常に退屈し、唯一の気晴らしが帰宅後のインターネットである。

二人は、「出会い系サイト」を介し、生身でもつきあうことになるのだが、それは実人生とは切断された世界である。つまり彼女「吉田希美子」は、ネット上のハンドルネーム「ミッキー」だからこそ「ミッチー」と「淫らに戯れ」ることができる。そのことで、女教師の「抑圧されていた欲望」は、一見解放されるかにも見える。

ところが、男のほうの「欲望」は、屈折している。この男にとっての性的欲望は、女性に対する復讐と支配欲である。男は、女性をある種の器具によってイカせることにのみ執心し、その行為は密室から野外へとエスカレートし、最後にはそれを撮影しネット上で公開するに到る。つまり男のそれは性的欲望の仮面を被った、支配と所有の誇示という、コンプレックスの貼りついた権力的欲望である。

読者は、性的偏りのある男による、学校と女性への無意識の復讐劇という構造をもっている本書を、起こるべき「事件」に向かって、人格の解剖書を読むように読み進むことになる。

もちろん本書は、ネット社会における性風俗を描こうとしたわけではない。それよりもインターネットという装置を通して「顔のない裸体」となって露出される人間の欲望と、その装置によって人格の内部と外部の浸透圧のバランスが崩れる時、人間にどういう危機が訪れるかと、問おうとしているようにみえる。

森鷗外を意識したという硬質で内省的な文体と、男の軽い関西弁が牽引力となって、登場人物に共感することはなくとも、読ませる小説となっている。

（二〇〇六年四月）

欲望の水準とモノの質

『デザインのデザイン』（原研哉　岩波書店）

三月の初旬からアフガニスタンに行き、帰って来たところで震度六弱の地震にあった。一年に一度行くアフガニスタンで地雷を踏む確率より、福岡で大地震にあう確率の方が低いと思っていたのだが、逆だったようだ。

アフガニスタンで原研哉著『デザインのデザイン』を読んでいて、その中にたまたま地震と「2DK」の記述があり、記憶に残っていた。著者によると庶民は、明治以来近代的な住居に対するモデルを与えられないまま暮らして来て、いざ住居購入という時に教材とするのが、2DKとか3LDKとかで表示された「不動産業者が新聞に折り込むチラシである」という。そもそも「2DK」という規格は、西山卯三という建築家が関東大震災の後、日本人の合理的標準の生活空間として考案した苦心のアイデアだという。それを読んで、ああ、団地やマンションなるものは、震災後の仮設住宅の発想なのか（著者はそうとは言っていないが）と、妙に納得したのである。

これは「欲望のエデュケーショナル」の章で著者が述べていることの一つなのだが、著者が言いたいのは、私たちの「欲望の水準」が「モノの質」を決定するということである。住宅について言えば、私たちの住空間への欲望の質が「２ＤＫ」を基準とする限りは、住宅の質もそこに止まるということである。

不動産業者に言わせると、同じ間取りであれば、ドアが装飾的であったり、シャンデリアが付いている方が高くても売れるという。簡素な方が美しいのだが、客のニーズは装飾的で高価な方にあるという。つまり細かいマーケッティングをして客のニーズ（欲望）に添うように売ってゆくと、確実に質の悪い（品のない）住宅が増えてゆくわけである。それは住宅に限らずあらゆる商品や文学・政治にまで言えることで、「顧客の本音に寄り添った商品はよく売れるが、これは一方でマーケッティングを通した生活文化の甘やかしであり、この反復によって、文化全体が怠惰な方向に傾いていく危険性をはらんでいる」と著者は憂慮する。

ラスキンやモリスが、機械生産への危機感の中から生み出したデザイン思想から説き起こし、「経済をドライブさせていく力」としてのデザインを熟知しながら、「デザインとはものの本質を探り当てる営みである」とする著者の考察は、門外漢にも刺激を与えてくれる。（二〇〇五年五月）

ピュアな表現の代価

『絵本があってよかったな』（内田麟太郎　架空社）

内田麟太郎氏は、絵本『ともだちや』シリーズに代表されるように、今や「売れっ子」といってもいい絵詞《えことば》作家である。もちろん売れようと売れまいと、はにかみを湛えた少年のような人柄は、変わらない。

そんなリンタロウさんが、講演会場で「どんな少年だったのか？」と尋ねられると、「家出と万引きの常習犯でした」と答える。聴衆の間では、一瞬息を呑んだ後に笑いが起こる。私も、これはノンサンスとユーモアに毒を潜ませた作風の逆説ワザだと思って、笑っていた。

ところが、自伝『絵本があってよかったな』を読んで、そんなしたり顔の鼻先に、刃を突きつけられた。

大牟田で生まれたリンタロウ少年は、実母を六歳の時に亡くしている。看板屋でプロレタリア詩人だった父親は、子連れ同士で一年後に再婚する。継母は、お好み焼き屋をやりくりするしっかり者だったが、リンタロウ少年には、終始辛くあたり頑ななまでに愛情を示すことがなかった。

少年の抑圧された実母への思いと孤独は、成人して子をなした後でも悪夢となり、「曇天の野原に子供がぽつんと一人。淋《さび》しさの極みに叫んだ」後、目覚めて号泣する、ということを繰り返すほどであった。

暴力と睡眠薬で荒れた十代を、ババシャンと美術や文学の力で何とか生き延びたリンタロウ青年は、「十九歳の時に母を殴り倒し、台所に包丁を取りに行った。その間に母は家を飛び出していた。（略）自殺にも失敗したこともあり、私は追いつめられるように東京へ出た」。リンタロウ青年は、東京に出ると、看板屋に奉公しながら詩も書き続け、左翼にもなった。絵本作家への転身は、仕事中に梯子ごと倒れて骨折という事故による。三十七歳の時である。

幼子を残して逝った実母の「悲しみ」へと思いが到り、継母へのわだかまりが解けるには、さらに三十年の歳月を必要とした。人の心に届くピュアな表現というものが、どのような代価を支払わされているものかと、思い知らされる自伝である。

（二〇〇六年八月）

アマチュアへのメッセージ

『阿部謹也自伝』（阿部謹也　新潮社）

歴史家の阿部謹也氏が急逝されて一カ月になる。阿部氏と九州の縁は深く、十年に亘り阿部史学のエッセンスと言うべき連続講演が、福岡・熊本で市民向けに行われた。それは「中世賤民成立論」や「笛吹き男はなぜ差別されたか」という論考を含み、『ヨーロッパを読む』（石風社）という一冊に纏《まと》められている。

その第一回の講演「死者の社会史」の冒頭こういう話をされた。それは氏が卒論を決めかねている時のことで、上原専禄教授から「それをやらなければ生きていけないというテーマ」を探し出すことだと言われたという。

『ハーメルンの笛吹き男』から『「世間」とは何か』にいたる阿部先生の学問的探求を見ると、その言葉が常に心の中で鳴り響いていたことが分かる。

さらに、中学生の時、修道院の寄宿舎にいたことがあり、そこで西洋への関心が芽生えたとも話された。迂闊なことに私は、それを金持ちの子弟の寄宿舎住まいのように思いこんでいた。

この『阿部謹也自伝』によると、著者の母は年の離れた父の元へ後妻として嫁いでいる。父の早世で、裕福だった家は没落して全ては若い母親の両肩にかかることになり、貧しさゆえに寄宿舎へ預けられたという。自伝には、幼い頃の写真が数葉載せられている。賢そうでノーブルな感じの少年なのだが、眉間に皺を寄せてどこか淋しげである。

留学したドイツのことは、「日本にいるときはいつも他の人から見下されるような感じを受けていたのだが、ドイツでは全くそういうことはなかった」と記されている。

学長を数期務めた著者には意外な気がするが、著者は、そういう微妙な感覚の拠っているものを学問的に追求することから、西洋社会とは異なる私たち日本人の人間関係を規定する「世間」という問題を発見する。

「社会史研究とは自分の奥底に深くわけ入ってゆく試みであり、ただ外をみることではない」という言葉は、アカデミズムに対する根底的な批判であると共に、私たちアマチュアの読者への強く深く響くメッセージであった。

（二〇〇六年十月）

異なる世界観の発見　『歴史家の自画像　私の学問と読書』（阿部謹也　日本エディタースクール出版部）

著者は昨年（二〇〇六年）九月に亡くなった。その日の午前中には『近代化と世間』の校正紙に目を通されていたという。急逝である。ただ長年腎臓を患われていて死への予感があったようで、親しい友人たちにはその最後の本を、遺書のようなものだと話されていたという。本書も著者亡きあと出版され、「あとがき」は亡くなる一カ月前に記されている。

阿部謹也氏はヨーロッパ中世史の専門家であるが、その著作には門外漢でも読むたびに発見の喜びがある。特に雑事やルーティンワークに追われる日々の中で、次のような言葉に出合うときは新鮮だ。「文字や言葉なんていうのは、はっきり言って信用できないんです。中世の人々は、文字や言葉は意志の表現だ、しかし動作や振る舞いは、魂の表現だといっている。動作のほうをむしろ重視する」

中世史を学ぶのは、そこに現代人とは異なる世界観を発見することであり、そのことは現在の私たちの可能性を広げることだという。だから「われわれの常識とは違った人間が見つかると、これは面白い」のだと。

氏は歴史家としては異端の人でもあった。それはその視線が、権力者ではなく石工や粉ひきや鍛冶屋などの職人や羊飼い・ジプシー・放浪者など遍歴する下層民に向けられていたというだけではない。

西洋史の専門家でありながら氏は、「日本人の生き方」つまりは自分自身の生き方を問題にする人であった。西洋史を学んだのも、近代の日本に決定的な影響を与えた西洋の文化に関心があったためだという。アカデミズムからは邪道とされながら「世間」をテーマにしたのも、近代日本が生み出した学者や知識人が、独立した個人として「社会」に生きているつもりで、実は「世間」の絆に深く拘束されていることの日本的問題を読み解こうとしたのである。

本書はインタビューや講演録をメーンにした小さな本であるが、著者の率直な人柄が体温を伴うように伝わってくる。阿部史学の入門書としてあるいは阿部史学に親しんだ人にも新たな発見のある書として読んでほしい。

(二〇〇七年一月)

玄洋社の行動の源泉

『大アジア主義と頭山満』(葦津珍彦　葦津事務所)

明治政界にあって、板垣退助や中江兆民という民権派は歴史の表舞台で語られるが、頭山満や杉山茂丸、内田良平という人物は、時の政局に深い影響を与えながら、近代史の舞台では闇の役者として扱われてきた。

明治二十二年、玄洋社の名を一躍世に知らしめたのは、来島恒喜による大隈重信襲撃事件である。列強に対し不平等条約を結ぼうとする大隈に対して、言論での限界を感じた頭山一統が直接行動に出たのである。大隈は片足を失い、来島はその場で自決し、条約締結は破綻した。

この事件のように、言論とテロルが一体になったところに玄洋社の隠然たる力とすごみがあったと、従来考えられてきた。そういう面も否定は出来ないが、『大アジア主義と頭山満』の著者葦津珍彦氏の考えは、いささか違う。

たとえば日露開戦を巡って、頭山が伊藤博文ら元老に対しその決断を迫った経緯について著者は次のように見る。

「頭山は、ただ血気盛んな書生や壮士の頭領だったのではなかった」。伊藤を開戦に動かしたのは、頭山の人脈に基づく正確な「機密情報」だった、と言う。それは、中江や板垣は言うに及ばず、軍人から政治家、言論人にわたる左右を超えた交友に支えられていた。

玄洋社の行動の源泉は筑前勤王党の血だが、その在野的視線は藩閥政治の専横だけでなく、欧米列強の収奪と圧政下にあったアジアにも向けられていた。

当時、朝鮮独立や中国革命を目指す青年達は、維新を達成した日本を範とすべく陸続と来日し、その金玉均や孫文あるいはボース等を徹底無私に支えたのが在野の浪人達であり、その中心に頭山満がいた。

歴史を見れば、政治家や軍人の行動は、その時々の「国益」や時流によってぶれる。玄洋社的在野の真情も、政府や軍によって歪められていったといえる。

「壮士」的側面のみが強調されて、近代史の闇に葬り去られた玄洋社の足跡と思想を検証することは、日本の「現在」にとっても、決して無効ではないと思える。

（二〇〇六年一月）

衆愚であること

『家族のゆくえ』（吉本隆明　光文社）

吉本隆明氏の祖父は天草で造船業と製材所を営み、父親は船大工だった。第一次世界大戦後の造船不況で、両親は東京の月島界隈に出奔したが、家庭には「九州という南方の特性があった」という。

『家族のゆくえ』は、乳幼児期から老年期まで、「家族」をテーマに論じられている。作家ばななとの関係を含め、氏自身の個人史が色濃く投影された人間論といえる。

一般に老年期は、身体の運動性も頭脳も共に衰えると考えられている。八十歳に近い著者の実感によると、思考、妄想、想像力は年をとっても発達するが、それを実行に移そうとすると体の動きとの間に、距離を生じる。つまり老年とは衰えそのものより、頭と体との距離の問題となる。

また著者の考えでは、人の人格は、乳幼児期における母親あるいは母親代理との関係のあり方でほぼ決まる。著者は、乳幼児期における母親との関係で、心に傷を負った三島・太宰・漱石という三人の文学者について考察する。

三島は病床の祖母のもとで育てられ、太宰は乳母が養育、漱石は里子や養子に出された。著者の考えでは、普通に母親の愛情を受けて育った人間は、その後の人生でひどく辛いことがあっても、その衝撃に耐えられるだけの「壁の高さ」があり、それによって心の中心を直撃されることがないという。

三人の作家は、その壁の閾値《いきち》が低すぎたわけだが、乳幼児期の傷をバネにそれぞれ優れた作品を生みだしたとも言える。しかし、漱石自身は、母親が愛情を持って育ててくれていたら、「穏やかで幸福な生涯をおくれたという思い」を持っていたに違いないと、著者は断言する。

「名声や名誉というものは、無効性のうえでだけ辛うじて何かであるかもしれないだけだ。衆愚であることだけが減点を免れる生涯だといえる」

衆愚とは無名でまっとうな生活者のことだろうが、吉本氏自身も知の人であるよりは、衆愚であるほうが幸せだったということだろうか。

（二〇〇六年三月）

人柄のよさを越えた衝迫

山口勲写真集『ボタ山のあるぼくの町』（海鳥社）

写真家ユージン・スミスの制作過程を垣間見たことがある。今では封印されたが、胎児性の水俣病患者である娘を風呂場で抱きかかえる母子の写真である。七〇年代の初め、スミス氏は廃屋のような一軒家を水俣に借りていた。そこに張り巡らされたロープには、このピエタのようなプリントだけが数十枚も吊り下げられていた。一枚一枚焼き付けが違うのだが、私にはどれもが同じに見えた。しかし写真家にとっては、その微妙な違いの中から選び出された一枚こそが「作品」であったのだ。

この山口勲写真集『ボタ山のあるぼくの町』は、ある意味その対極にある写真によって纏《まと》められている。

山口勲は炭坑夫を父として生まれ、自らも坑夫の経験を持つ。その後の経歴を見ると、「65年従軍カメラマンとしてヴェトナムへ渡り、戦火の中の民衆を取材」となっているので、歴戦のフォトジャーナリストのように思えるが、どうもそうではない。

それは写真を見ると分かるのだが、この人の写真は対象に「肉迫」していない。どこか対象との間合いがあるのだ。それもごく自然な空気のようなものが漂っている。路地で遊ぶ子供も洗濯するオバサンも、フンドシ一丁のおじさんもみな屈託がない。日本近代や工業化社会の矛盾としての筑豊という、ジャーナリスティックな視点の欠如というより、そういう視点からおおらかにこぼれ落ちた六〇年代の庶民の日常が、無造作に差し出されている。

いわば身内の人間が、顔見知りの炭坑生活者の日常を空気のように撮った、ということはあるだろう。しかしこの人の写真には、ただの写真好きや人柄のよさを越えた衝迫がある。それは、内部の人間でありながら、カメラをもった途端外部として排除されるという力学と拮抗することになる。

ガス爆発事故直後を撮った写真は、やはり緊張を見る者に強いる。その中の一枚、事故で亡くなった遺体を十数人の仲間が物言わず見つめている。その幾つかの厳しい視線は、カメラそのものにも向けられているのである。

（二〇〇六年十一月）

写楽謎解きの未熟さ

『写楽　江戸人としての実像』（中野三敏　中公新書）

著者中野三敏氏によれば、江戸文化は雅と俗からなりその主は雅であるという。俗つまり私達が代表的とみなす俳諧、戯作や歌舞伎、浮世絵はいわば江戸のサブカルチャーなのである。

寛政六年（一七九四年）に忽然と現れ、百数十枚の役者絵と相撲絵を残して翌七年には消えた写楽は、いまだに謎の絵師として斯界を賑わす俗の雄である。

しかし著者によると、写楽という人物は江戸の当時から謎だったわけではない。戦前はほぼ問題にならず、昭和も三十年を過ぎたころから謎本が続出しはじめた。いわば写楽謎解き症候群という問題は、近代それも「未熟な近代主義」の所産であると、著者はみなす。

つまり近代という色眼鏡を外し江戸に即せば、写楽という人物は自ずから明らかになるという。では写楽とは誰で如何なる人物か。

俗称斎藤十郎兵衛。江戸八丁堀に住む。阿波侯の能役者。

これが写楽の実像であるが、著者の発見ではない。天保十五年（一八四四年）刊行の「増補・浮世絵類考」（斎藤月岑《げっしん》）に記された周知の事実である。

本書では、江戸の草創《くさわけ》名主であった斎藤月岑のこの書の信頼性を確定し、著者自身が「江戸方《ほう》角分《がくわけ》」（瀬川富三郎）という江戸の人名録の中から「写楽斉」という人物を発見して傍証とした経緯を述べている。写楽が忽然と消えざるを得なかった理由も、写楽こと斎藤十郎兵衛が封建的身分制における「士分」であったことで氷解する。

さらにそれは関根正直博士の証言と近吾堂版切絵図「八丁堀図」によって固められるのだが、本書の目的は写楽の謎解きそのものにあるのではない。

著者が江戸の文献を読み解きながら写楽の実像を追跡し、俗論を排する過程は、小気味よい。しかしその過程で浮かび上がってくるもうひとつの問題は、江戸を近代の観念でつまみ食いする「近代の未熟」ということである。

江戸を江戸に即して理解する。そのことは「近世の豊穣」を取り戻すことであり、「近代の成熟」の証しでもあるのだと著者は述べている。

（二〇〇七年三月）

力道山刺殺事件の「真相」

『東京アンダーナイト』（山本信太郎　廣済堂出版）

昭和三十八年十二月八日、当時国民的英雄だった力道山が刺された。その現場にいたのがニューラテンクォーターの社長であり、本書『東京アンダーナイト――〝夜の昭和史〟ニューラテンクォーター・ストーリー』の著者山本信太郎である。その目撃証言は当時警察にも語られず、四十数年を経て初めて明らかにされる。さらに本書執筆を機に、力道山を刺した暴力団員村田勝志当人とも再会を果たし、事の真相を確かめている。

昭和三十年代の日本人は敗戦後の屈辱や鬱憤を、アメリカ人レスラーを土壇場で叩きのめす力道山の空手チョップで晴らしていたが、力道山が朝鮮半島出身の金信洛であることなど知る由もなかった。

その力道山は、興行がはねるとこのナイトクラブに現れ、洋酒を二、三本あけては荒れていたという。朝鮮人である身が、日本人のナショナリズムを背負わされ国民的英雄に祭り上げられるという捩れが、夜毎の酒乱となったのか、その夜もしたたかに酔った揚げ句、グラスをガリガリと噛み砕き、事件の現場となるトイレにたったという。

目玉は、この力道山刺殺事件の「真相」だが、他に二つの主旋律あるいは通奏低音がある。ひとつは日本のショービジネス史に残る、キラ星のごとき夜毎のステージである。なにせ昭和二十八年のオープンから閉店までの三十六年間で、エルビス・プレスリー以外の大物はほぼこのステージにたったというから凄まじい。

もう一つの通奏低音、これはかなり背筋に響く。著者の父平八郎は福岡人で、九州のキャバレー王といわれた人物である。二十代の若さで著者はこのナイトクラブをまかされるが、その後見人になった親戚が元児玉機関副機関長の吉田彦太郎である。戦時中上海を拠点に海軍の物資調達をした機関で、児玉誉士夫は戦後政財界のフィクサーとして知られる。

この華やかなナイトクラブの背後には、山口組系の暴力団に在日系の暴力団が蠢き、政治家や政商が暗躍し、その前身にはGHQまで絡んでいる。闇の役者が揃った、無類に面白い戦後秘史である。

（二〇〇七年五月）

「農」と「業」の二面性『農業に勝ち負けはいらない！　国民皆農のすすめ』（山下惣一　家の光協会）

ブッシュ政権が温暖化対策の代替エネルギーとしてバイオ・エタノール（原料トウモロコシ）を言いだしたとき、眉に唾をつけたものである。

やはりというか、原料や飼料としてのトウモロコシの高騰によって、食品全体が値上がりし始め、主食とする国では抗議デモが頻発しているという。エタノールを生産する過程で石油が消費されるという悪い冗談だけでなく、雪崩を打っての転作は、森林の破壊を生み出し温暖化をさらに促進する。クリーンに見える政策が、またも世界に歪みを生み出そうとしている。

アメリカのトウモロコシ農家が、一ドルでも高いところに売り込もうと血眼になっている姿をニュースで見ると、これは今風勝ち組ビジネスと同じに映る。

農業がビジネスになるのは結構なこと、というのが時代の流れだろうが、本書を読むと、ちょいと待てよという気になる。

著者の山下惣一氏は、農業には「農」と「業」の二面があるという。つまり「育てて食べて暮らすのが農、売るためにやるのが業」ということだ。本書は、唐津の地で農業を営み、古稀を迎えた著者の直言の書である。それは「百姓は作るときに楽しく、売るときに腹が立つ」という視点から、農政の問題や消費者の無理解さらには仕事と労働の差異にまで論を進める。語り口は軽妙にして本質をつく。

日本の穀物自給率は周知のように三割を切る。そこに米欧の圧力と商社が安い外国産は消費者のためという名目で、さらに自給率の低下を加速させる。しかしそれは、トウモロコシの例をみるまでもなく、私たちの暮らしが外国の政策によって支配されることを意味する。

日本の農業も「農（命の営み）」より「業（ビジネス）」に傾斜しつつある。しかし安い米は輸入できるが「農によって培われてきた四季折々の風景」は、金を出しても輸入できないのだ。「ホタルが舞い、赤トンボが群れ、彼岸花が咲く日本の風景は、金にならない『農』の仕事によって支えられている」ということである。

（二〇〇七年六月）

バブル紳士の夢の跡

『反転』（田中森一　幻冬社）

本書は現代日本社会の「悪」のピカレスクである。眼目は二つある。一つは「社会正義」を体現し、「巨悪（政治権力や資本の不正）」を取り締まる法の番人と見なされる検察「特捜部」が、そのじつ権力の忠臣としての側面を色濃く持つということである。もう一つはバブル期に数千億のカネを動かしたバブル紳士と闇社会の実態である。

本書の特異さを可能にしたのはその経歴にある。著者は平戸の貧しい漁師の家に生まれ苦学して司法試験に合格後、たたき上げの検事になる。エリート検察の中のハングリーとしてのし上がり、撚糸工連事件では口を閉ざす代議士の供述をとり、平和相互銀行不正融資事件など数々の経済事件で辣腕をふるう。

ところが、捜査が国家行政の中枢部に及びそうになると、上層部から陰に陽にストップがかかる。大阪で八年続いた革新知事から政権奪取した保守系知事の汚職事件は、土壇場で「お前は、たかが五千万で大阪を共産党の天下に戻すつもりかっ」という上司の一言で潰される。

この強腕検事、そんな検察体質に嫌気がさしたのか、辞職して弁護士を開業する。顧客は正義とはほど遠い闇社会の住人。培った人脈は安倍晋太郎、竹下登という有力政治家からヤクザの組長、イトマン事件の許永中まで多岐にわたる。彼らをつなぐのはカネと利権。退職金七百万円の元国家公務員はヤメ検になるや月一千万円の顧問料が転がり込む。時はバブルの最盛期、七億のヘリコプターも購入、マンションの一棟買いまでする。まさに「反転」である。

バブル紳士で出色は、焼き鳥屋から身を起こし財を築いた中岡信栄。彼は上京するとホテルの最高級スイートルームをワンフロア借り切る。次々と詣でる客に数十万から数百万の小遣いを紙切れのように渡す。永田町に近く安倍や竹下などの政治家も密談や休憩に使う。派手だが救いのない光景である。

本書の登場人物は、バブル崩壊後ほぼ全員自滅する。著者も石橋産業事件で検察に狙い撃ちされ、詐欺罪の実刑判決を受け上告中である。

（二〇〇七年九月）

「身体的なもの」の反乱

『暴走老人』（藤原智美　文藝春秋）

本書は、頻発しはじめた老人犯罪をめぐるルポルタージュではない。高齢者の犯罪や感情暴発の背後にある、ネット・携帯による情報化や医療のサービス産業化という、社会の急激な変容を考察したものである。

いつの時代でも、老人とは分別のあるものと見なされてきた。六十にして耳順《したが》う。七十にして心の欲するところに従って、矩《のり》を踰《こ》えず、である。ところが齢をとるとは、時代の最新情報・技術からズレ続けることであり、さらに定年後の生活にうまくシフトできねば、強いストレスに見舞われる。

一歩街へ出ると、犯罪には到らないまでも、突然激高する初老の男たちを見かけることが多くなった。著者は、税の申告会場や量販店のサービスカウンターで、テーブルを叩き怒鳴り続ける老人を目撃する。理由は係員のちょっとした言葉遣いや待ち時間の問題だったりするが、男たちの怒りは尋常ではない。筆者も空港の手荷物チェックの女性担当官に、「そのもの言いは何だ！」と激高し続ける初老の男を最近目撃した。著者の知人の女医の話によると、病院では医者や看護師に殴りかかったり蹴り上げたりする男たちが増えているという。

統計では青年の凶悪犯罪は一九五八年をピークに減少しているのに、二〇〇五年に刑法犯で逮捕された六十五歳以上は、十六年前の五倍という（高齢者の人口増は二倍）。

原因について、作家である著者は情報化社会の時間、空間、感情の急激な変容への不適応として考察する。それは携帯やメールに象徴される電子的な情報環境への身体的抵抗や拒否であり、個室化が生み出した心の荒涼たる風景であり、新しい社会システムへの感情の不適合である。

情報化社会の地下では、「人間の内面＝感情、情動のあり方が地鳴りを響かせながら揺れ動いている」と著者は言う。

であれば「不適応」による暴走は、老人に限らない。それは、電子的情報環境に違和を蓄積しつつある「身体的なものたち」の、反乱の予兆であるように思える。

（二〇〇七年十月）

中上健次と被差別部落

『エレクトラ』（高山文彦　文藝春秋）

中上健次という作家は、一九七〇年前後に青年期を過ごした者にとって、特別な存在だった。いや特権的といった方がいいかもしれない。その特異性は、偏《ひとえ》にその巨軀と新宮の路地育ちという出自による。

羽田空港でフォークリフトを操り、寸暇を惜しんで集計用紙に「路地」を舞台にした血族の物語を刻む肉体派の作家。「岬」が芥川賞を受賞することで、世に知られるが、荒ぶる神かまつろわぬ蛮族の如き神話的な空気を纏《まと》ってのデビューだった。

「山と渓谷の里で稲を育ててきた一族の末裔」と自覚する高千穂出身の高山文彦は、これまで作家の北条民雄や部落解放運動の父といわれた松本治一郎の評伝で評価を得てきた。

本書のコアを成すのも、中上が被差別部落の出身であったということにまつわる内的格闘であり、その作品成立過程の編集者を巻き込んでのドラマである。しかし、中上が描いたのは被差別部落の世界であった、ということと、それは同義ではない。そのことを、ハンセン病患者であった北条民雄の次の言葉を借りて、著者は明示する。

「私はただ人間を書きたいと思っているのだ。癩《らい》など、単に、人間を書く上に於《お》ける一つの『場合』に過ぎぬ」と北条が言うときの「癩」を「被差別部落」に置き換えれば明瞭であると、著者は記す。

戸籍上の父親が三人いたという中上は、長編『枯木灘』によって、複雑豊穣な世界を描き切り作家的地位も得ることになるが、言語によって路地世界を構築した彼が出会うのは、現実の被差別部落の存在である。そこに一筋縄ではいかぬ人間世界の奥深さが顕現する。

本書は、中上の近親者から友人、編集者まで、綿密な取材によって成り立っている。四十六歳で亡くなり、今や伝説化された中上健次という人物に等身大の光があたり、知られざる神話の楽屋も垣間見える。さらに中上作品を生み出す上で、編集者がどのような存在であったか、ということも本書の大きなテーマで、なかなかにスリリングであった。

（二〇〇八年三月）

「物語」の外にあるもの

『高島野十郎画集』（求龍堂）

芸術作品の世間的な評価、評判には作品だけでなく「物語」が付随していることが多い。それは作家の夭逝《ようせい》や貧窮や狂気であり、一般的にいえば俗世での不遇の物語である。芸術とて人間の業であることの証左だが、高島野十郎という画家への熱を帯びた評価にも「孤高の世捨て人」という物語がついている。

しかし高島野十郎自身は、そのような通俗的な物語をもっとも嫌っていたように思える。

「生まれたときから散々に染めこまれた思想や習慣を洗い落せば落とす程写実《しゃじつ》は深くなる、写実の遂及とは何もかも洗ひ落として生まれる前の裸になる事、その事である」（遺稿ノート）

こういう言葉を述べることは容易《たやす》い。しかしこの言葉を生きることは、容易にできることではない。

そうは言っても晩年の野十郎が、電気も水道もない小屋同然のアトリエに住み、見かねた隣人の好意を柱にしがみついて拒否したという挿話や野垂れ死にを望んだという逸話が、やはり観る者に憑《つ》いてしまう。

射るような眼差しの自画像とゆらめく蠟燭、ねっとりした沼の睡蓮は、絵と観る者の批評の位置を逆転させる。絵に見られてしまうのだ。

編者、川崎浹《とおる》氏によると、実際の高島野十郎は、なかなかに「かっこいい」人だったようだ。川崎氏は偶然の出会いから、三十歳年長の野十郎と長い交友を結ぶのだが、その印象は「世捨て人」というより仏教思想に造詣の深い知者という感じだ。欧州にも滞在し、生前に東京や福岡で個展も開いている。

高島野十郎（本名高嶋弥寿）は、明治二十三年に福岡県三井郡合川村（現久留米市）の造り酒屋に生まれている。兄は青木繁の親友宇朗。旧制明善中、東京帝大の農学部水産学科を首席で出ながら銀時計を辞退し、画業に専念している。編者の一人西本匡伸氏によると、母方に画家の血筋があるというが、絵は独学、生涯独身であった。

時折開いて、「こういう画家《ひと》もいるんだ」と、己を叱咤するためにも眺めたくなる画集である。

（二〇〇八年五月）

共同体の「原型」

『宮本常一』（筑摩書房）

本書は「ちくま日本文学」の一冊（文庫版）だが、周知のように宮本常一は作家ではなく民俗学者である。この一巻は、終戦直後の対馬の村の暮らしの記録「寄り合い」に始まる。この話を私はこれまで何度読んだか知れない。そして、その度に胸を突かれ新鮮な思いに捉えられる。

宮本は「九学会」民俗班の調査で対馬北端の伊奈を訪れる。食料不足の折、食い扶持の生米持参で、島内はほぼ徒歩での移動である。そこで古老たちから聞き書きし、文書の調査を行い、徹夜で文書を書き写す。それでも写しきれず、拝借を申し出る。貸し出すとなれば、村の寄り合いに掛ける必要がある。

寄り合いに出かけてみると、板の間に二十人ばかりが座り、木に寄り掛かっているものもある。雑談に見えたがすでに昨夜は朝方まで話し合い、協議は二日に及んでいる。話はさまざまに飛びながら、またそれぞれの議題に戻る。話が尽きたところで、文書についても「見ればこの人はわるい人でもなさそうだから」と満場一致の結論に至る。

戦後導入された西洋型民主主義ではない。村の申し合わせ記録の古いものは、二百年前のものもあったそうだから、伝統的な村の自治システムといえる。こういうシステムは世界中に存在するもので、アフガニスタンでは「ジルガ」（長老会議）という。

また、「梶田富五郎翁」は、山口県久賀の漁師たちが、同じ対馬の豆酘《つっ》村浅藻に村を拓く話である。湾内の大石を潮の干満を利用して船で浮かして運び湾外に捨てて港を造る。木を切り出し納屋から作っていった村の歴史が、一枚の絵巻を見るように語られる。久賀の釣り船には、五つか六つくらいの孤児を「メシモライ」といってのせる風習もあった。翁は仕事をせず、「ただおとなしう船の中で遊うでおればよかった」という。

本書の中には、私たちを拘束する近代システムとは異なる共同体の「原型」のようなものが記録されている。その記憶を現代を生きるための原理として復活させることは難しくとも、胸にそっと忍ばせておくことぐらいはしても良さそうである。

（二〇〇八年十月）

男が読むべき「せつくす」の話

『女の絶望』（伊藤比呂美　光文社）

『女の絶望』というタイトルだが、中高年の男こそ読むべき本である。なぜなら絶望の原因はおおおむね男社会の身勝手、理不尽さだからだ。もちろん女性達もはじめから絶望していたわけではない。男と女が出会い、結婚をし子をなし、悪戦苦闘して子どもを育て上げる。穏やかな老後を送れればよいが、二人だけになったとき、首をもたげてくるのは、死ぬまで男どもの理不尽を受け入れざるを得ないという現実だ。その絶望や忍耐に、男は気づかない。

詩人であり小説家でもある著者の伊藤比呂美氏は、九州のブロック紙で「身の上相談」コーナーを持っている。本書は、その欄での応答に素材を得た小説だ。悩み事に寄席芸人風に答えるのは、比呂美さんならぬ「伊藤しろみ」さん。その身も蓋もない語りには体験から汲み出した熱い情がある。

「ふつうのせつくす」に始まり「さいごはかいご」に終わる十二章を貫くのは、「家族」のそれも「性」が根底にある問題だ。しろみさんは、中高年女性の悩みであるセックスレス、夫の不能、不倫、性欲、嫉妬、更年期の問題まで、あけすけに真摯に答える。尿もれやお湯もれなんてことも、自分の体験に照らして細かく語る。男の読者としては、目から鱗の初耳である。

セックスというのは親密な同士でするものだが、二人であれこれ語り合うことがしにくい事柄。しろみさんも、「夫婦の問題は、セックスだろうがカレーの具だろうが、先ず話し合うべし」を基本としながら、カレーはいいとして「セックスについては、よっぽどの覚悟がないと話し合えません」という。

話し合うべきだが、話せない。この辺りの深くて暗い溝をどう越えるか。しろみさんも、若いときは離婚だ不倫だと大変だったが、「化粧すりゃ妖怪、しなけりゃばばあ」になると、「あたしはあたし、人《しと》は人」の境地に至ると達観する。

しかし、枯れたつもりがまだ生木のオヤジに、その境地を望むのは難しい。であれば本書を読んで、いくらかでも「女の絶望」を理解するしか、男達の延命策はない。

（二〇〇八年）

沖縄への解毒剤　『沖縄　だれにも書かれたくなかった戦後史』（佐野眞一　集英社インターナショナル）

私が初めて沖縄に渡った一九六九年には、まだパスポートが必要だった。その時は、基地の町で後ろめたさを抱えて飲むジョニ赤に悪酔いし、翌朝のナカミ汁も喉を通らなかった。それから二十年後、照屋林助のワタブーショウや大工哲弘のライブをプロモートする頃には、どこにでもいる沖縄好きになっていた。しかし沖縄でヤクザの抗争が激しかった頃、博多の悪場所に息抜きにきたという宮古出身の屈強な男から、飲み屋で「お通り」の洗礼を受けた時にも、沖縄のアンダーグラウンドの世界に思い至ることはなかった。

私たちが沖縄から喚起されるイメージは、沖縄戦と米軍基地の島という重苦しいものか、観光と芸能の明るく能天気なそれである。

本書で、いささかの悪意も込めて描かれる沖縄は、そんな進歩派インテリや沖縄フリークスのステレオタイプにガツンと一撃を食らわすヘビィな物語の数々を「ごった煮状態のまま」に突きつける。

「悲劇の島」や「美《ちゅ》ら島」という表皮を引き剥がすと、そこに現れるのは、生身のどぎつい人間たちである。米軍物資を盗んで横流しする「戦果アギヤー」から始まった沖縄の戦後は、密貿易人やヤクザの独壇場だった。そういう地下茎の上に花開いた沖縄の経済や政治は、米軍と本土の利権に絡まれてまさに魑魅魍魎《ちみもうりょう》の世界である。沖縄県警、武道家、右翼、経済人、政治家、在沖奄美人、軍用地主に芸人と、数百人を直撃取材しての肉迫ルポは、その六百頁を読み終えると、濃厚さにゲップが出るほどだ。

しかし圧巻は、やはりアウトローへの直撃取材である。著者が、アドレナリンが迸《ほとばし》ったと書くように、やわなルポライターなら尻込みするような相手が、こともなげに人殺しの様子などを話すのは、著者自身の器や見識の為せるわざだろう。「沖縄に〝怒られに行く〟」進歩的文化人に偽善を感じる向きや、「反自虐史観」にもうんざりという向きにも、効果覿面《てきめん》の解毒剤といえる。

（二〇〇八年十一月）

幻の「ウチナー世《ゆ》」

『ナッコ　沖縄密貿易の女王』（奥野修司　文藝春秋）

1　アメリカ軍政と密貿易

表題の本は、沖縄の密貿易時代とそこで活躍した糸満女性を主題にしたものである。といっても近世の出来事ではなく、米国軍政下の五〜六年のことである。

「彼らが懐かしんで『ケーキ（景気）時代』と呼ぶその時代は、一九四六年から五一年までの六年ほどだが、沖縄中がヒステリー状態になったように、子供から老人までこぞって密貿易にかかわるという異様な時代であった」

本土決戦の前線の島となった沖縄は、四五年四月一日に米軍が上陸してわずか三カ月で、十数万人の住民が殺された。日本側守備隊約九万人、勝者の米軍側も一万二千五百人が戦死している。焦土と化した戦後の沖縄は、住居も食料もなかった。ところが占領下の日本本土では、海外貿易が早々と民間ベースに移行したのに対し、沖縄を占領した米軍政府は一九五〇年十月まで対外貿易を禁止した。したがって沖縄の密貿易は、食料調達もままならぬまま鎖国状態におかれた民衆の中から自然発生的に始まったのである。主な物資は、米、小麦や砂糖に鍋釜という生活物資に結核の特効薬ストレプトマイシンやペニシリンで、主に蓬萊島と呼ばれた台湾から運ばれた。

取り引きの舞台になったのは与那国島で、現在人口千七百人（戦前は四千五百人）の島には掘建小屋の料亭や女郎屋が溢れ、二万人近い男や女が犇《ひし》めき、中国人だけでも二千人はいたという。当時の教師の給料が三百五十円、ところが荷揚げを手伝う子供たちはいつも千円位持っている。「先生より生徒のほうが金を持っているのですから、生活指導なんてできやしない。学校をやめてブローカーになった先生もたくさんいました」ということになる。密貿易の当事者となると、一稼ぎ数万円、札束はカマスに入れて配られたという。

当時の密貿易はバーター取り引きつまり物々交換である。では、焦土の沖縄側のブツはなんだったのか。

「終戦の翌年から、米軍はキャンプ内の単純作業に沖縄人を雇って軍作業が始まると、HBT（野戦服）、毛布、煙草という米軍の余剰物資がキャンプ外にどっと流れ、これが密貿易の主要な品目になってゆく」

米軍からの盗品や横流しを「戦果」と称したが、日本本土攻略を想定していた米軍は沖縄に膨大な物資を集積していたのである。おまけに一九四九年十月、J・R・シーツ少将が沖縄米軍政長官として着任して軍紀を粛正するまで、沖縄の米軍は「太平洋のはきだめ」といわれるほど無能な将兵の集まりだった。ある校長の回顧談によると、学校の復興の原資として米軍の物資を手に入れる時は「女性」を同伴し、兵隊たちがことに及んでいる間にトラックで物資を運び去ったという。

当時の新聞に「南西諸島―中国―台湾―朝鮮―日本を結ぶ密輸ルートの表玄関は関門で阪神は

内玄関」（「朝日新聞」一九四九年十二月三十一日）といわれるほど密貿易の領域は拡大してゆくが、内容も日用品から非鉄金属、軍事物資とエスカレートして「香港商売」と記される米軍の薬莢の密輸でクライマックスを迎える。中国大陸での国共内戦や朝鮮戦争の時代である。

本書の主人公、ナツコこと金城夏子は糸満出身の小柄な三十代の女性だった。彼女は、鮫に喰われる危険も省みぬ屈強な海人《ウミンチュ》を有無をいわさぬカリスマで束ね、当時を知る老人に「夏子はそのなかでいちばんの大物だったさぁ」といわせる女傑である。「イトマン海人」の血を持ち、若い頃からフィリピン、台湾で暮らし、商売の才覚と情報収集力に男もかなわぬ度胸を備えたナツコは、密貿易時代の終焉と共に三十八歳の若さで逝った。占領軍に対抗して、国境をものともせずに生き抜いた彼女は、幻の「ウチナー世《ゆ》」に咲いた徒花だったのか。ナツコの名前は、公的資料に残されることもなく、戦後生まれの沖縄人に知られることもなく、歴史の闇に消えようとしている。

「ボーダレスを連発しながら、ちっともボーダレスでない現在のウチナンチュウ（沖縄人）よりも、彼らの方がはるかにボーダレスだった」という著者の次の言葉は、本書が現代の沖縄人への逆説的な応援歌であることを示している。

「あれから半世紀が過ぎ、沖縄には陽気さの中にどこか自信を失った、覇気のない人たちがあふれている。私にはその深淵に、『ウチナー世』がなかったことの喪失感が漂っているようにも思えた」

著者にとっては、ヤマト世とアメリカ世《ゆ》しかないように見えた沖縄の現代史の中で、ナツコが活躍した時代こそがウチナー世であったのだ、ということである。

2　イギリス植民地政策と密貿易

現代の、密貿易の現場というものを見たことのある人は、そういないと思う。
私はたびたび見ている。もちろん日本ではない。場所は、パキスタンとアフガニスタンの国境にあたるカイバル峠のパキスタン側の谷ぞいである。パキスタンとアフガニスタンの国境線はスレイマン（ソロモン）山脈の稜線で二千キロある。正式の国境ゲイト以外にも幾らでも間道《かんどう》越えができる。おまけにこの両側に住んでいるのは同じアフガン系のパシュトゥン族であるから、国境越えの抵抗感は薄い。

運搬手段は、駱駝や驢馬で、陸の船ともトラックともいわれる駱駝には、日用雑貨からテレビまで振り分けに満載されている。人力だけで大きな荷を背負った一団が、岩石砂漠の山沿いの斜面に蟻のように続いているのを見たこともある。思わず笑ってしまったのは、中国製の自転車の荷台にもう一台自転車を積んだ男が、必死の形相でカイバル峠を駆け下るのに出くわした時だが、笑いながらその健気さに心打たれてしまった。

笑えないのは幼い子供たちである。国境のゲイトを、時折警備員に小枝で打たれながら頭陀袋を担いだ子供たちが行き来する。気温は四十度に近く、もうもうたる埃のなかを、復興物資や米軍の車輛を積んだトラックの車列に隠れるように行く。自分の体ほどもある頭陀袋の中は廃車の部品で、持ち上がらず泣き出しそうな女の子の背に、年嵩の少年が黙って荷をずり上げてやる。これも密輸である。

アフガニスタンからパキスタンへの密貿易の歴史的背景とその仕組みについて簡略に述べると、この国境線自体が一八九三年に大英帝国が引いた軍事境界線で、デュランドラインという。つまり現在のインド、パキスタン、バングラデシュが英領インドであった頃、イギリスはアフガニスタンを版図に組み込もうと三次の戦争を仕掛けるが、勝利することができず、現在のパキスタン北西辺境州（アフガン人＝パシュトゥン居住区、州都ペシャワール）だけを軍事境界線を引いて植民地にした。その見返りということでもないが、カラチ港からパキスタン地域を通過してアフガニスタンに行く物資については無税としたのである。その免税特権を一九四七年、イギリスからインドと共に分離独立したパキスタン政府も踏襲しているわけである。

もちろんアフガニスタンでは輸入税がかかる。テレビなら二一・五パーセント、ガソリン八パーセント、それがパキスタンだと二五パーセントに二八・五パーセント（「週刊アジア」朝日新聞社・二〇〇五）。つまりアフガニスタンからパキスタンに密輸入されるものは、一旦無税でパキスタンを通過したものが、その関税差の間隙を縫って再びパキスタンへ非合法で流れ込むという仕掛けになっている。

国境の近くには、いくつかバザールがある。ここでは中国、韓国の日用品から日本の電化製品まであらゆるものが揃い、パキスタンの他の地域より値段も安い。もちろん麻薬や武器もある。このバザールは（パシュトゥン）部族自治区内にあり、パキスタン連邦政府も手が出せないのである。蛇足ながら付け加えると、この地域はアルカイダや旧タリバン勢力が潜んでいると、アメリカ軍が空爆を続けている地域でもある。

ここにも、大英帝国による植民地政策の後遺症が、時限爆弾のように横たわっているわけである。

（二〇〇五年九月）

「地獄の黙示録」の深層

『闇の奥』の奥』（藤永茂　三交社）

英国リバプールには、世界中から研修生を受け入れる熱帯医学校がある。その経営の前身が船会社であることは聞いていたが、本書を読み長年の疑問が氷解した。リバプールは、かつて大英帝国の奴隷貿易と植民地経営の拠点港で、アフリカを食い物にした商人にとって、マラリアなど熱帯医学の研究は、生死に関わる課題だったのである。

著者は福岡在住の科学者（量子化学）だが、本書はヨーロッパのアフリカ収奪と欺瞞的で根深い人種差別を巡る、重層的な謎解きの本である。

「コンラッド／植民地主義／アフリカの重荷」というサブタイトルがつく本書は、コッポラ監督の「地獄の黙示録」のエンディングから話が始まる。ワグナーの「ワルキューレ」が耳に残るこのベトナム戦争映画は、不可解な結末でも論議を呼んだ。軍を離脱し、ジャングルの奥に狂気の王国を築いたカーツ大佐の存在とその抹殺が物語の核心でありながら、この結末は蛇足であると評論家からは酷評されたのである。

著者は、この結末の曖昧さの根拠を、映画の下敷きとなったジョセフ・コンラッドの『闇の奥』の綿密なテキスト批評によって読み解く。エリオットが評価し、多くの論者が「アフリカ侵略の核心を摘出する文学作品」とみなす『闇の奥』の底流に、実は根深い黒人差別と英国の植民地支配に対する擁護がひそんでいることを、著者は暴いてみせる。

この小説の舞台となったコンゴ川流域は、当時ベルギー国王レオポルド二世によって私有され、収奪と殺戮の限りが尽くされていた。百年前のこの時期、奴隷制度は禁止されるのだが、むしろヨーロッパ列強による苛烈なアフリカ分割は、その時から本格的に始まるのである。

現在世界中で起きている紛争の震源が、帝国主義的な収奪の歴史にあることを認識させられると共に、その植民地政策と徹底的に戦ったアチェベやモレルという人々の存在を示すことで、現代の「援助」という名のアフリカ支配に私たちがどう向き合うかも示唆する、すぐれて知的な一冊である。

（二〇〇八年十二月）

青年と老兵たち

『ぼくと「未帰還兵」との2年8ヶ月』（松林要樹　同時代社）

無名の青年が企画を抱きしめて金欠と世の無理解の中、タイやビルマ国境で取材を重ね、映画完成までこぎ着ける、泣き笑いの物語である。三畳一間で鬱屈しながら夢を思い描く若者が、いかにそれを実現したか、というお話としても面白いのだが、それに止まらず、戦争と人間に関わる一個のルポルタージュとして新鮮である。

著者、松林要樹《ようじゅ》は、三十歳の映画監督だが、ドキュメンタリー映画「花と兵隊」で、昨年夏にデビューを果たした。

主人公は六人の「未帰還兵」。敗戦をビルマで迎えたが、さまざまな理由によって祖国日本へ帰還しなかった兵士たちである。すでに九十歳前後の年齢で、タイ国内で穏やかに暮らしている。その平穏は、日本では決して得られなかったものに見える。彼らが生き延びられたのは、衛生兵や自動車部隊での技術であり、妻とした現地女性の支えである。逃亡兵とも称される彼らは、なぜ日本に帰らなかったのか。その答えを求めて、著者は幾度も足を運んだ。

もちろん老人たちが、彼をすぐに受け入れた訳ではない。長崎出身の藤田松吉には、即日撮影禁止を言い渡される。「天皇の赤子」を自認する元帝国陸軍の兵士は、鋭い眼光で「お前にはわからん」と拒絶する。しかし著者も引き下がらない。老人の建てた慰霊塔を清掃し、ひげを剃ってやり、少しずつ老人の心のひだに分け入り、ようやく戦争の闇につきあたる。

ビルマ戦は、将兵の被害の甚大さによって歴史に刻まれている。牟田口中将によって立案された「インパール作戦」は、補給を無視した無謀なもので、数万の兵士を飢餓とマラリアで死に追いやり、退却路を「白骨街道」とした。ビルマ戦に投入された将兵三十三万人、うち十九万人が亡くなっている。この戦争による惨劇と彼らが祖国へ帰らなかったこととは無縁ではない。

戦争が終わってすでに六十五年。本書を読むと、戦争とは人間にとって何だったのか？　という問いが、古くて新しいまま、私たちの前に立ちはだかってくる。

（二〇〇九年一月）

底辺労働の現場

『昭和三方人生』（広野八郎　弦書房）

大正十二年からおよそ五十年、最底辺の労働に従事した人物の日記を核にした作品集である。三方《さんかた》とは、馬方、船方、土方のことであるが、炭坑での経験も含まれている。

一読して、エリック・ホッファーの『波止場日記』を思ったが、独学・読書家のホッファーの日記が、徹底した文明批評に貫かれていたのに比して、この日記は、いわゆる底辺労働の現場で繰り広げられた日常の記録に徹している。

この一見地味な作品の興趣が尽きないのは、まず著者がすぐれた記録者である前に、ひとりの肉体労働者として筋金入りだからである。しかも記された人物たちは組織労働者ではなく、時に群れることはあっても、身一つが頼りの流れ者達である。

長崎生まれの著者は十五歳の時、炭を焼く父親のために馬方となる。昭和三年二十歳になると、日本郵船インド航路の秋田丸の火夫見習いとなり、灼熱の船底で石炭夫として耐えぬくが、下級船員たちのサケとオンナとバクチに明け暮れる世界は「からゆきさん」まで登場して、さながらピカレスク小説である。

その後入った天竜川の隧道工事の飯場は、女にだらしないヤクザが仕切り、その親分は相撲取りだった金竜という男である。この金竜の事務所には親方を含めて、人を殺《あや》めたことのある人間が四人もいたという。

著者は、そういう荒くれの中で鍛えられて行き、戦後飯場で起ころうとした韓国人二世同士の刃物沙汰では、思わず諸肌脱いで仲裁に入ったりもする。その時、著者の掌にあったのは、かつて「朝鮮飯場」で彫った、朝鮮流のちぎりを表す米粒のような刺青だった。

著者は、文章から判断する限り、胆力と人徳はあってもそう屈強な男には見えない。むしろ時間があれば「改造」やゴーリキーを読み、漱石の『坑夫』を、「漱石的臭味がくっついているので、鼻について仕様がなかった。内部から坑夫の生活を描いていない」と批評する文学青年であった。

しかし本書には、妙な文学臭や政治臭は一切なく、心の底に響く記録文学となっている。

（二〇〇九年六月か七月）

愚直と誠実の記録　『外国航路石炭夫日記　世界恐慌下を最底辺で生きる』（広野八郎　石風社）

サブタイトルが「世界恐慌下を最底辺で生きる」となっているように、この日記が綴られたのは、一九二九年にはじまった大恐慌の前後四年。著者の広野八郎は、長崎の小作農に生まれ、十五歳から炭運びの馬方や電車の車掌をした独学のひとである。二十一歳で大阪の海員養成所に入り、研修を終えると、インド航路の貨物船秋田丸の火夫見習いになっている。小林多喜二が小説「蟹工船」を雑誌「戦旗」に発表した時期と重なる。

小林多喜二はインテリの党員作家だったが、広野は船を下りた後も、土木作業員や炭坑夫を続け、晩年作品が活字化されたとはいえ、労働者として一生を終えた無名の表現者であった。

この原稿用紙にして約一千枚の日記も作品として自覚されたものではなく、師となる作家葉山嘉樹に小説の素材として提供されるが「これは君の傑作だ。たいせつにとっておきたまい」と、葉山が著者の作家としての才能を認めたものである。

描かれているのは、最下級の船員の克明な日常。それは蒸気船のタービンを回すため、華氏一四〇度（摂氏六〇度）にもなる現場でボイラーを焚く石炭まみれの男たちの世界である。塩と氷水は手放せず、背後には火夫長の残忍な監視の目が光る。さらに火夫長が、月一割五分の高利で半ば強制的に金を貸し付け、船員を船に縛り付ける悪習もあった。

過酷な労働と低賃金と借金の日々に、船員達の心は荒み、「みじめで、放縦で捨て鉢」になり博打と酒と喧嘩で憂さを晴らす。唯一の慰めは、寄港地の「カフェーか淫売屋」となる。「本能欲のために、子どもが花でもむしってちらかすように消費」すれば、さらに借金がかさむ。

著者は船員達の中でも最年少で、鬱屈した古参にこき使われる。故郷には病と借金にあえぐ家族が待っている。しかし禁欲的な若者も過酷な日常の中で追いつめられ、紅灯の巷の安らぎを求め借金に手を染める。

浩瀚《こうかん》な日記だが、著者の愚直さと表現への誠実さが、最後まで読ませる上質な文学となっている。現代の「貧困」について考えるためにも、平成の恐慌下で読むべき一冊である。（二〇〇九年）

医と快と法

『麻薬とは何か』（佐藤哲彦、吉永嘉明、清野栄一　新潮社）

「麻薬」という言葉から連想するのは、ヘロインや大麻という違法薬物で、まれに体験談を読むことはあっても、そもそも麻薬とは人間にとって何だったたか、などと考えることはない。

覚醒剤を社会史的視点で研究する著者の佐藤哲彦氏は「病苦の軽減や、苦役からの解放として、向精神物質を含む植物が利用されてきた」のが「麻薬類の歴史の大部分」という。産業革命による労働者の大量発生と覚醒剤使用の増大。黒人奴隷に過酷な労働を強いるためのコカイン。阿片戦争後、アメリカに移住した華僑労働者とアヘンも切り離せない。戦後九州の炭鉱でも、ヒロポン中毒が珍しくなかった。

本書が扱うのはアヘンやコカという数千年の歴史を持つ麻薬の歴史だけではない。ＬＳＤのように、ヒッピー文化を生み出し先進国の現代芸術に決定的な方向性を与えたドラッグ。それにアルコールやタバコを含むもっと広い領域の精神作用のある物質が、その時々の社会、政治、文化現象に与えた影響についても考察する。

麻薬は、身体、精神、法律という大きくは三つの領域に関わる問題を含んでいる。まず麻薬が人類史に登場するのはシャーマニズム、つまり呪術の領域であり、ギリシャ・ローマの時代になると医療の領域となる。もちろんこの段階では、法の問題とはならない。くだってフロイトの時代ですら、アヘンから精製されたヘロインは万能薬と見なされていたという。

ところが近代以降となると、医療から離脱し、身体の快楽や精神の解放の領域に踏み込むことになる。それが嗜癖《しへき》（中毒）となり、社会秩序に不安をもたらすと、法の問題となった。

最近の日本では売れない芸能人だけでなく、学生が覚醒剤や大麻で捕まるのも日常茶飯である。このことは、現代社会のストレスや閉塞感と無縁ではないだろう。歴史を振り返れば、マリファナが合法化され、酒やタバコが違法薬物になる日が来ないとも限らない。人類史のスパンで、麻薬を多面的に考察する本書の視点は、今日的で貴重だと言える。


（二〇〇九年七月）

特攻隊のある真実

『特攻隊振武寮』（大貫健一郎　講談社）

福岡市の旧九電体育館のある場所に振武寮はあった。私立福岡女学院の寄宿舎跡のこの寮に、昭和二十年の一時期、特攻隊の生き残りが密かに収容された。エンジントラブルや迎撃により不時着を余儀なくされた特攻隊員たちである。

米軍の大攻勢の前に陸軍も、海軍に対抗して特攻隊を編制するが、すべてが泥縄式だった。洋上作戦を旨とする海軍は目標物のない洋上航行の訓練を積んでいるが、陸軍にはその経験がない。

パイロットも学徒兵や少年航空兵という即席である。飛行機も離陸すら危ぶまれるものがあった。新鋭機は天皇直属の戦闘部隊にまわされたのだ。

無い無い尽くしの中での出撃であるが、特攻機が舞い戻るなど想像だにしなかった、と当時の参謀は戦後回顧している。その参謀が振武寮に収容された特攻隊員たちに対し、酒臭い息をはきながら「卑怯者。お前らは人間のクズだ」と竹刀を持ち執拗に罵り続けたという。

特別操縦見習士官になった青年たちの「未来」は、そういうずさんで破廉恥な軍首脳によって打ち砕かれたのである。

著者の大貫健一郎元陸軍少尉は昭和二十年四月、「第二十二振武隊」の一員として知覧から沖縄に向かうが、グラマンに迎撃され、徳之島に不時着した。喜界島での困窮生活を経て、福岡に着いた時は、垢だらけの飛行服に破れ長靴だった。「戦死公報」まで出された中での幽閉は、「生き地獄だった」という。

特攻というと、国のために誠をささげた純粋な魂、というようにいまだに美化されがちである。本書にはそういう風潮に対する、著者たちの血を吐くような叫びが記されている。これを伝えねば、死にきれぬという著者の思いを、現代の若者にも知って欲しいと切に思う。

本書には、綿密な取材を基にした、渡辺考NHKディレクターの読みごたえある解説がついている。その解説によると、米軍は日本軍の暗号をすべて解読した上に、レーダーで特攻機の動きを把握して迎撃したという。情報戦の前にすでに敗北していたという事実もやりきれぬものである。

五庄屋の物語

『水神』（帚木蓬生　新潮社）

（二〇〇九年十月）

福岡県にある大河、筑後川の中流域は、今では豊かな穀倉地帯で知られる。しかし江戸期は、たびたび旱魃《かんばつ》や洪水による飢饉に悩まされていた。

本書は、打ち続く旱魃で苦しむ農民たちの窮状を救うべく、堰《せき》と用水路の建設に立ち上がった五人の庄屋の物語である。

庄屋たちは藩に対して、自分の身命を賭して請願するが、難題が立ちはだかった。管轄の有馬藩は参勤交代や幕府の普請事業で財政が逼迫していて余裕がない。それに用水路建設によって潰れ地が出る村の反発や、不利益を被ると邪推し、中止を逆請願する村も続出した。

五庄屋は、一切の費用は身代を潰してでも賄うと藩に誓詞血判し、寛文四年（一六六四年）、大石・長野堰の建造にこぎ着けた。当時の工法である荒籠や石船を駆使するこの堰造りの描写が本書の白眉だが、工事が始まると堰の傍らには、十字架様の柱が立てられた。事が失敗した時の五庄屋磔刑《たっけい》用の五本の柱だ。

本書は、史実に基づく小説である。物語は五庄屋の藩への請願と、逆請願をする村との確執を巡って展開するが、影の主人公は元助という水汲み百姓である。二人掛かりで筑後川の土手から桶で水を汲みあげ、終日畑に水を供給する「打桶」という忍耐のいる労働につく。父親を島原の乱でなくした足の不自由な元助の、貧しいが愚直な生き方が本書の通奏低音である。

そして、同じく跡継ぎを島原の乱で失った菊竹源三衛門という、これまた愚直な老武士が藩と五庄屋の仲介役として登場する。元助も菊竹も小説上の人物と思われるが、この二人を介することで、農民の暮らしぶりだけでなく、武家と百姓の超えられない断層も見えてくる。

今、私たちは飢餓を知らぬ国にいて、五庄屋の命がけの嘆願に感動する。読後、アフガニスタンで二十五キロの用水路を完成させた中村哲医師のことを思った。中村医師は、五庄屋時代の筑後川の治水工法を範に堰を建設したのである。著書『医者、用水路を拓く』（石風社）には、先人たちへの感謝を込めた、現代のドラマが記されている。

（二〇〇九年十一月）

谷川雁の見果てぬ夢

『原点が存在する』（谷川雁詩文集　講談社）

谷川雁が亡くなって十五年が経つが、彼は生前から伝説の詩人であり思想家であった。それは国文社版『谷川雁詩集』の「あとがき」に記された「私の中の『瞬間の王』は死んだ。人々は今日かぎり詩人ではなくなったひとりの男を忘れることができる」という大見得だけでなく、炭鉱労組内のラディカル分派のイデオローグとして文筆を振るったあげく、東京へ去り経営者の側へと転身した、いわば幻惑的な身ぶりがそれを増幅した。

しかし忘却されるには、作品の振幅は広く深度は深すぎた。近年、その作品群が刊行され始めたが、本書はその中で最もコンパクトな文庫版で、松原新一氏によって編まれたものだ。

熊本県水俣の眼科医の次男として生まれた谷川雁は、旧制五高から東京帝大といういわばエリートの道を約束されながら、復員後は新聞社労組の書記長を務め、その労働争議によって会社を解雇されている。

終戦直後の混乱の中で、当時の知的青年たちの多くがそうであったように共産党に属し、その後の結核療養所での庶民体験によって、独自の思想を形成していった。ただ、谷川雁は左翼であるにはあまりにも鋭い詩人の感性と強靭な知力を持っていた。共産党内においては「鬼っ子」的存在でありつつ、党そのものを「異族」としていかに相対化するかということが彼のもくろみであったかにみえる。

谷川雁の抱えたテーマは、この世にかつて存在したことのないコミューンを創造することであり、そのためには既存の「知識人対民衆」の概念を打ち壊す必要があった。民衆が知識人に啓蒙される愚直な対象にすぎなかった時代に、詩人的な比喩と反語で民衆の像を反転させ、むしろ民衆の無意識の中にこそ共同性の原点があると喝破した。それは誤読されることはあっても理解されることのない孤独な行為であったのではないか。

たとえば、「民衆の軍国主義、それは民衆の夢のゆがめられた表現にすぎません」と谷川雁が記すとき、そこには危険な香りとともに見果てぬ共和国への夢が語られている。（二〇一〇年三月）

度量の広いジャーナリスト『パンとペン　社会主義者・堺利彦と『売文社』の闘い』（黒岩比佐子　講談社）

福岡県出身の堺利彦は、幸徳秋水や大杉栄、荒畑寒村に比べると知られていない。その娘真柄《まがら》が、父は「捨石埋草」の人であった、と回想するように黒子役に徹した人物である。著者の黒岩比佐子は、堺が起こした日本初の編集プロダクションで翻訳会社だった「売文社」の活動の膨大な資料を渉猟することで、彼に光を当てたのである。

副題に「社会主義者・堺利彦と『売文社』の闘い」とあるように、堺利彦は、幸徳秋水とともに「平民社」を起こした社会主義者で、「平民新聞」に拠って日露戦争（一九〇四〜〇五）に対し「非戦論」を唱えたことはよく知られている。その後秋水は、「大逆事件」（一九一〇年）によって同志十二人とともに、絞首刑に処せられた。この時、堺は大杉、荒畑とともに偶々獄中にあったため、難を逃れた。

明治期、薩長土肥の藩閥権力から排除された佐幕派の子弟は、反政府的直接行動に赴くか、反権力的ジャーナリズムや文壇で活躍する者が多かった。堺利彦は明治三年、福岡県京都《みやこ》郡の士族の家に生まれ、藩校育徳館の後身豊津中学を卒業する。

本書を読むと、堺利彦という人が社会主義者である前に生粋のジャーナリストであったことがわかる。「大阪毎朝新聞」を皮切りに「新浪華」「実業新聞」「萬朝報《よろず》」の記者を遍歴し、「福岡日々新聞」にも籍を置いている。著作も多数あるが、ジャック・ロンドンの『野生の呼声』をはじめ、翻訳者としても優れた業績を多く残している。

堺が「売文社」を営んだ九年間（一九一〇〜一八）は、「大逆事件」後の厳しい弾圧の時代と重なる。堺はこの「冬の時代」、権力によって「世間」から締め出された社会主義者やアナーキストを「売文」によって養ったのである。つまり「パン」を得るに「ペン」を以てしたという訳である。社員には大杉、荒畑がおり、『資本論』を訳した高畠素之や山川均、『人生劇場』の尾崎士郎など多彩であり、呉越同舟であった。

「社会主義はインテリの道楽だよ」と言いつつ、道楽に命を張った堺は、度量の広いジャーナリストだった。


（二〇一〇年十一月）

ジャーナリズムとスキャンダル『ふたつの嘘　沖縄密約［1972―2010］』（諸永裕司　講談社）

ウィキリークスによる漏洩事件に衝撃を受けた時、頭に浮かんだのは、「沖縄密約事件」である。ネット時代が生み出した「新メディア」の主宰者アサンジ氏が、「レイプ事件」の容疑者として告発されたことで、ある記憶が呼び起こされた。

「沖縄密約事件」とは、佐藤栄作首相とニクソン大統領の間で交わされた沖縄返還協定を巡る機密漏洩事件である。日米間でその負担金に関し「密約」があると暴露した毎日新聞の西山太吉記者とその情報提供者である外務省の女性事務官が、一九七二年に国家公務員法違反容疑で逮捕されたのである。

「密約」は、ふたりが男女の関係にあったことが暴露されると、その関心が国民を欺いた国家の「嘘」ではなく、「密《ひそ》かに情を交わした（検察）」男女のスキャンダルへとすり替えられ、西山氏は世間から汚名を着せられ、報道は抹殺されたのである。

本書は、この事件の経緯を高みから俯瞰的に描くのではなく、事件に関わった生身の人間たちの「生」を通して、事件の本質を描こうとしている。

本書は第一部「夫の嘘」と「国の嘘」、第二部「過去の嘘」と「現在の嘘」の二部構成。主人公は二人の女性で、一人は、西山氏の妻啓子であり、もう一人は、「密約」を国家への情報公開請求の訴訟として挑んだ、小町谷育子弁護士である。

妻啓子にとって夫は自分を裏切った人間である。離婚も考えたが見捨てることもできない。古いタイプの九州男子である西山氏とは、夫婦であること自体が闘いであった。小町谷弁護士も、西山氏の名誉回復の為に国を訴えた訳ではない。二人の女性それぞれの闘いである。

西山氏の名誉は二〇〇〇年に、琉球大学の我部政明教授が米国で発見した密約を裏付ける公文書と当時外務省北米局長だった吉野文六氏の証言で回復され、国家の「嘘」も証明された。しかし、この事件の本質がスキャンダルにすり替えられた経緯をみる時、マスメディアや私たちにとって、残された教訓は重い。

（二〇一一年一月）

芸術制度に回収されない画業『炭鉱《ヤマ》に生きる　地の底の人生記録』（山本作兵衛画文集　講談社）

山本作兵衛さんにお会いしたのは四十年近く前のことである。何も分からぬ青二才に床下から一升瓶を出され、にこやかに応対して下さった。私の大切な記憶の一齣である。

当時はまだ反体制的な政治運動や前衛芸術運動の余熱が燻《くすぶ》っており、作兵衛さんの絵もいわば民衆による炭鉱記録画として評価されていた。

私も作兵衛さんの絵を芸術というよりは、芸術市場や芸術制度には取り込まれない村芝居的な民衆絵画として認識した覚えがある。反芸術や前衛芸術の大半が商制度や美術館に回収されてゆく時に、作兵衛さんの絵はどこかアートと無縁で心騒ぐ光彩を放っていたのである。

作兵衛さんの絵五八〇点余りと日記などが「世界記憶遺産」として国際的に認知されることになったのも、芸術性よりはその記録性が評価されたといえる。

近代絵画は、作家の「個」が、作品を通して露呈してしまうものだ。ところが作兵衛さんの絵は、その作家の「個」が消失し、いわば無名性の「記憶」が現前しているかにみえる。

山本作兵衛さんは一八九二年（明治二五年）福岡県嘉麻郡笠松村（現飯塚市）に生まれた。父の代からの坑夫で数え年八歳の小学校二年で入坑し、時には弟を背負い父の後に従った。小学校には都合五年余しか通えなかった独学の人だ。炭鉱を転々としながら、結婚後もヤマを離れず、六十年近くを炭鉱で働いた。ヤマでの暮らしは過酷で、生活は貧窮を極めた。「炭鉱の坑夫は、果たして囚人とどれほど違うだろうか」と記しているが、私の言葉や想像力を超えた達意の文章である。

作兵衛さんが絵を描き始めたのは、炭鉱の夜警の仕事に就いてからで、六十歳を超えていた。描かれた絵は、明治三十年代後半から大正七年（一九一八年）の米騒動までのおよそ二十年、機械化される前の炭鉱の現場と風俗で、それを青年期の記憶で描いている。もちろん純朴なノスタルジーではない。自分が難聴でなければ「きっと無産運動に飛び込んでいた」という言葉の中に、世の中の理不尽に対する匕首《あいくち》の切っ先に似た怒りも秘められている。

（二〇一一年九月）

戦争を「自然」の如く描く

『越南ルート』（松浦豊敏　石風社）

自伝的小説集である。戦中戦後を巡る四本の作品を収めている。熊本県旧松橋《まつばせ》町に生まれた著者、松浦豊敏氏は早熟で柄もでかく喧嘩もめっぽう強かった。だが、ただの不良ではなく、硬直した「戦争の時代」に対し熱くなれない知的な少年だった。

旧制中学の時、県知事が閲兵にくる。感想文の提出を命じられた著者は、訓示の退屈さに、知事の不格好なさまをリアルに描写してしまう。それが危険思想ということで、停学になる。そもそも海賊松浦党の末裔で、醸造業を始めたという言い伝えのある一族の血は、海辺の田舎町での安住を許さなかった。

中学を卒業すると山西省太原にある会社に入る。これは河本大作（陸軍大佐）率いる国策会社で、仕事は共産軍の動静を探る特務。十代の著者は、ここで大陸の空気にふれ、中国人の懐の深さを知ることになる。第一編の「別れ」は、中国人同僚の幼い娘との別れであり、出征する息子を、一晩旅館で抱いて寝てくれた母との別れである。少女の父は、兵隊に行けば生きて帰れぬだろうという著者に、「死ぬのはよくない」必ず帰ってこいという。

徴兵され華北駐屯の部隊に入隊すると、ビルマに向かっての行軍が始まる。全長五千キロ、日本軍で最長の行軍をした冬部隊である。著者の戦争体験の原点「越南ルート」で描かれるのは、行軍の果てベトナムで入院するまでの四千キロの行軍の日々である。目的はビルマ戦への支援であるが、すでに海路輸送は断たれての消耗戦で、長沙を越えるあたりから「地獄」が始まる。ろくな食い物もなく、歩くミイラとなり「身も心も乾いて枯れて、フケが飛ぶようにどこかへ消えてしまう」。著者は、行軍途中の村での徴発という名の略奪や、栄養失調や病で死に行く戦友をいかに無慈悲にあつかったかも描写している。しかしそこでは、国家や自己への倫理的告発は抑制されている。

無駄のない文体で「戦争」も「人間」も、あたかも「自然」の一部であるかのように描かれる。それは戦争を被害者・加害者の視点で考察する戦後思想の潮流から自由なだけに、反《かえ》って倫理的でさえある。


（二〇一一年十月）

戦後思想の行きついた荒野

『未踏の野を過ぎて』（渡辺京二　弦書房）

「景気が悪い」という言葉が挨拶代わりになって久しい。物心ついて半世紀以上たつが、これで満足という話を聞いたことがない。バブルの時だってそうで、景気のいいのは他人ごとだった。それでもモノは増え続け、火鉢一つしかなかったのが、今はエアコンもストーブもある。私たちはいくら食べても満足を知らぬ「経済成長」という魔物にとり憑《つ》かれ、満たされぬ「飢え」を抱えて生きてきたようだ。

本書中の「大国でなければいけませんか」という小文で著者の渡辺京二氏は、「経済成長に囚《とら》われた社会のあり方」が私たちの「苦しみの根源」だと言う。みんなそのことは分かっていて、ただ「生きていることが喜び」で「ゆったりして、質実で、心が伝えあえる」世の中を望んでいるのではないか、と。

だが、経済大国二位の座を中国に抜き去られるやメディアも世論も大騒ぎする。経済大国としての地位が失墜すると近隣国の「時代錯誤のナショナリズム」にも冷静に対処できなくなる。これは敗戦で自己喪失し、失った自信を「ジャパン・アズ・ナンバーワン」で心理補償し、舞い上がったが故の痼疾《こしつ》なのか。

熊本在住の著者は、近代市民社会を読み解く鋭利明晰な批評で知られた思想家だが、近年『逝きし世の面影』（和辻哲郎文化賞）や『黒船前夜』（大佛次郎賞）で歴史家としての評価が全国的に高まることになった。

本書は「世相」を論じたエッセー集。世態風俗という時代の表層を読み解くとみえてその射程は深く、近代市民社会の基底に及ぶ。文章は明快だが、トーンにある苦さが混じる。著者が現代の世相に「精神的崩壊」を感じているからだ。その崩壊はなぜ起こったのか。社会規範が緩んだせいではない。むしろセクハラだろうと禁煙だろうと規範は強化されている。では何が問題か。「戦後の進歩主義的倫理という名のダム」が決壊しつつあり、「生きる上での根拠についての確信」が失われたのだ。

表題にある「未踏の野」とは、善きものと信じ込んできた戦後の「進歩思想」の行き着いた荒野のことのようである。

（二〇一一年十二月）

泥土に咲く花

『あんぽん　孫正義伝』（佐野眞一　小学館）

本書を読むまで、ソフトバンクの孫正義氏の出自については、ほとんど知らなかった。私の半端な知識は、孫氏は中国系の在日韓国人で、進学校で有名な久留米大附設を中退、アメリカに留学後、翻訳機を発明、数人で立ち上げた会社でリンゴ箱を踏み台に「必ず世界一の会社になる！」と宣言した、という程度のお粗末なものである。

孫正義の成功譚については書店に溢れているが、サクセスストーリーやネット長者の未来観には関心がない。ただ何故か、世にあふれるベンチャー起業家やＩＴ長者にはないスケールと異質な濃さを感じていた。

「蓮の花は、泥土にしか咲かない」という言葉がある。本書は、孫正義という大輪の花を咲かせたその土壌を、泥まみれになって探索したルポである。

孫正義は、佐賀県鳥栖市の鳥栖駅操車場近くのバラックで一九五七年に生まれ育った。鳥栖駅は鹿児島本線と長崎本線の分岐点で、一九二五年、操車場建設のために多くの朝鮮人工夫が集められ、そこに無番地の集落を形成した。九州の炭鉱にいた祖父、孫鍾慶もその一人である。戦前国鉄の保線工事に従事していた人々は戦後仕事がなくなると豚を飼い始めた。そこは豚の餌となる残飯と密造酒の濃厚な臭い漂う異界であった。

父の安本三憲は、豚と密造酒で蓄積したカネを元手に北九州で金貸し業を営み、さらに二十軒ものパチンコ屋の経営者となる商才の人である。この一筋縄ではいかぬ人物が本書の要の一人だが、強烈なのは祖母の李元照である。豚の子に自分の乳まで含ませたという婆さんは、幼い正義をリヤカーに乗せて残飯を集めて回る働き者で、「親戚からでも利子をとれ」とカネには細かいが、地母神ともみまがう本文中最も魅力的な人物である。孫正義を産み出したまことに濃密な血脈である。

著者佐野眞一氏は、虚実入り乱れる孫一族の血脈の森を大鉈を振るって突き進む。返り血を浴びながら記された本書を読みつつ、在日の存在がなければ日本人の精神は、もっと貧しくなっていたろうな、と思うのである。

（二〇一二年二月）

ミナマタとフクシマ

『なみだふるはな』（石牟礼道子・藤原新也　河出書房新社）

この世とあの世のあわいで交わされたような対話集である。話者は、石牟礼道子氏と藤原新也氏。対話でつなぐのはフクシマとミナマタである。

冒頭に、水俣と福島で藤原氏が写した十五枚のカラー写真を掲載している。海辺の集落や野辺の紅い花、くつろぐ猫に村の小川や睡蓮の浮く小さな池など、ありふれた風景である。あえて言えば、人の気配を拭い去ったような明るいが陰りのある情景である。フクシマがなければ、二人が対話することはなかったと、何気なく思わせる写真だ。

震災と同時にフクシマで原発の事故が起き、ミナマタとの類似性が語られることが多くなった。水銀と放射性物質を排出した先端の科学技術とその事実を隠蔽しつづけた企業、国家、科学者、各種専門家――。多くの漁民を狂い死にさせ、母親の胎内で子どもたちを侵し、いまなお数万人の被害者を出し続ける水俣病は、いわばフクシマ原発事故の未来を先取りしている。

しかしこの対話では、人も獣も物の怪もそれぞれに慈しみあい、化かしあいながら生きていた村に、電柱がたち、チッソ工場ができ、道路が通り、町になってゆく有り様は語られるが、ミナマタの教訓からフクシマの復興が語られる訳ではない。

藤原氏が「(フクシマの) 答を求めに」行ったのではない、というように、対話は石牟礼氏の長閑《のどか》とも言える昔語りを聞く形で進められる。その言葉の中に「立ち上がる刃のようなもの」あるいは「匂いたつ花の香のようなもの」そして「光のようなもの」が、垣間見えればよかったと藤原氏は記している。

対話に、通奏低音となって流れているのは、「滅び」である。石牟礼氏は、人間社会は(自滅へ) 運命づけられているようであり、「一輪の花の力を念ずるしかない」と思い定めたように語る。藤原氏は、人間は滅びてもいいが、人間の命の側面である真善美は、悪のヤスリによって研ぎすまされもする。それがいまある「望み」と答える。

石牟礼氏の声に耳を傾けると、この一年かなり高いオクターブでフクシマが語られ過ぎたと思わされる。

(二〇一二年四月)

「密通」の中に幻を視る

「土佐源氏」(宮本常一　岩波書店)

芝居の台本（坂本長利氏による。原作は宮本常一著『忘れられた日本人』所収の「土佐源氏」）を読んだだけで、これほどに心がふるえたことはかつてなかった。

私は一人の盲目の乞食が語る若き日の色ザンゲに聴き入りながら、せつなく、息苦しくなり、そして何ものかが解放されるのを感じた。のぼせ上がった言い方をするなら、魂がふるえるのを感じた。もちろんそれは私だけの感動ではない。

島尾ミホさんは「それは一人の老人の感動すべき物語りというにとどまらず、人の世の愛のゆきつく姿、更には高められたひとつの信仰の形とさえ思わせられた」と記し、ある精神病院の慰問公演では、これまで行われたどんなアトラクションでもじっとして観ることのなかった患者たちが、芝居の最後まで、「つめたくなるほど透明な――突き通すような」視線で観つづけ、ある養老院では、芝居に喚起されて、オムツをつけた老人が勃起し、ジイさんは涙を流しながら「ウッウゥウウーウゥ」とうなってのけぞって倒れたという。

前置きが長くなったが、「土佐源氏」は、もと馬喰が語る一代記である。もともとこの物語は、民俗学者の宮本常一が昭和十六年の二月、土佐檮原《ゆすはら》の橋の下に住む、盲目の老乞食から聞き書きしたもので、それを役者坂本長利氏が、ロウソク一本の灯のもとで語る一人芝居として再構成したものである。坂本氏は、十五年の間〝出前芝居〟と称してすでに六百回に達する公演を行っており、上演場所は、寺の境内や河原から、ポーランドやブラジルの国外にまで及んでいる。そしてそこでの観客の反応はそれぞれに圧倒的で深い。

「土佐源氏」は、つまるところは色ザンゲである。

男は望まれずしてこの世に生を受ける。母親が夜這いにきた男のタネを身ごもってしまい、水に浸したり、木から飛び降りたり、石垣に腹をぶつけたりしても流すことができず、月足らずでこの世に生まれ落ちてしまう。生まれたものは仕方がないと、ジィさん、バァさんに育てられ、母親は嫁に行く。その母親も蚕に桑をやっているときにランプを倒し、その油が体にかかってむごい死に方をする。男は父親の顔も母親の顔も知らずに育つ。十五の歳に馬喰になって牛を扱うが、百姓をだますことと女をかまうことだけに明け暮れる。

「わしは八十年なんにもしておらん。人をだますことと、おなごをかまうことですぎてしもうた」と、盲目になるまでの極道と女遊びの限りをしつくし、乞食に身を落とした果てに「しかし、牛とおなごだけはだまさなんだ」というもと馬喰の〝純粋〟は、それなりに感動的である。ただこの物語には、馬喰の純粋ややさしさだけではない本質的な何かがあるように思える。それも一種不能性をおびた何かが。

この物語はもと馬喰の色ザンゲであるが、その核心をなしているのは、馬喰と二人の「身分ある」おかた様との「密通」である。そして、この世では決して公認されることのない「密通」という男と女の関係を通して、私たちはひとつの幻をみる。

女たちは、それぞれ役人と庄屋の女房である。通常ならば馬喰など一人前の人間として扱ってくれそうにもない身分の女たちである。馬喰が特に色男だったわけでもない。旦那が外に妾を囲ったりしてはいるが、性的に飢えていたようにも思えない。だが女たちは幾重もの「禁止」を承知で「密通」に踏み切った。しかも馬喰という、農民の世界とは牛馬の売買を通じてつながってはいるが、決定的にその世界から疎外されている異界の存在（位相）へ向かって。女を「密通」に踏み切らせたもの、それは馬喰のやさしい心だと言う。「おなごはそういうものがいちばんほしいんじゃ」と。

島尾ミホさんは「人の世の愛のゆきつく姿」と書いたが、馬喰の極道や女遊びやボロや土俗をはぎとっていったとき、私たちがそこに視たものは、人間の究極的な関係の一つの像だったはずである。馬喰という、常民（農民）の世界からも下方へ疎外された存在（位相）と、上位常民の妻として上方へ疎外された存在が「密通」という形でクロスするとき、そこに人と人との関係の幻（原）像が浮かび上がる。だからこそ私は文句なしに感動したし、この芝居を観た多くの〝市民〟（ヨーロッパ人を含め）が感動し、何よりも精神病院の患者が感動し、オムツ老人が勃起したのである。

「密通」の中に純粋（幻想的）な人間の関係を視るという逆説は、しかしもちろん結論ではない。馬喰とおかた様との関係の中に私たちが、人と人との本来あるべき像を幻視したということは、私たち市民社会の住人の心の奥底にある、人と人との関係に対する飢えを投影したということである。

私たちの住む近代市民社会は、婚姻制度の面からみれば、離婚の多発と密通の横行を必然的に抱え込んだ社会である。そのことの根拠がどのあたりにあるかということも、この「土佐源氏」の感動の〈質〉が示している。

（一九八二年九月）

あとがき

一九八一年秋に石風社を創業して三十年、編集の仕事に携わって四十年になる。ひと区切りというほどではないが、節目の時期になるのかもしれない。

しかしどう節目をつけるか迷っている時に、とりあえず本について書いた文章を拾い集めてみようという気になった。そうすることで、自分がやってきたこと考えてきたことの軌跡が見えてくるのではと思ったわけである。それと、福岡という一地方都市で出版を生業《なりわい》としてきたことについてのあれこれを記しておくことは、いわば舞台裏を曝《さら》すことである。これから地方で何かを企てようとする時の小さな浮標《ブイ》位にはなるかもしれないとも思ったのである。

書評は、ほぼ月一回、日本経済新聞西部版に連載しているものを中心に選んだ。書評対象が「九州・沖縄」という制約があるが、一応ローカルの穴に陥らないようにしたつもりである。

あと水俣のことアフガニスタンのことについての章は、私の出版活動のコアの部分に関わることなので収録した。この二つの事象に関わることで、私の思考の芯はつくられたのではないかと思っている。（アフガニスタンとの関わりについては『伏流の思考　私のアフガン・ノート　増補版』として出版している。）

とにかく石風社が、三十年続いたことは自分でも不思議なくらいだ。ただ潰れるとは一度も思わなかったから能天気である。ただただ裏方に徹してきたことで、自分の性にも合い、小さな商行為としても継続できたのかもしれない。

これまで小社から出版して頂いた著者の方々とその読者、一緒に仕事をしてきたスタッフ、なにかと支えてくれた友人たちに感謝したい。また私の文章を掲載して頂いた各メディアの担当者の方々、装画を使わせて下さった黒田征太郎さんにも感謝いたします。

二〇一二年初夏

初出一覧

Ⅰ　私は営業が苦手だ

見通しも志もなかった　石風社ニュース「スパイダーズ・ネットvol.２」一九九八年三月十五日

私は書店営業が苦手です　同「スパイダーズ・ネットvol.１」一九九七年八月十二日

地方出版と図書館　図書館関係誌　一九九二年

「復刊」本をゾンビの山にせぬために　地方小出版情報誌「アクセス」２７６号二〇〇〇年一月一日

地方出版　「朝日新聞〈新はかた考〉」一九九五年十一月二十八日

ＩＴ産業の現代的寓話　「日本経済新聞〈アプローチ九州文化〉」二〇〇五年六月二十三日

メガ書店進出の陰で失われるもの　同　二〇〇四年十月二十一日

フリーペーパー、福岡でも盛ん　同　二〇〇五年九月二十九日

装幀という作用　「読売新聞」一九九九年十二月十三日

『極楽ガン病棟』出版前後　「スパイダーズ・ネットvol.１、vol.２」

『身世打鈴』出版前後　「スパイダーズ・ネットvol.３」一九九八年九月三十日

楽屋落ち　「はかた版元新聞vol.３」二〇〇一年八月三十一日

挑発する友　「西日本新聞」一九九四年六月十一日

久本三多追悼集に寄せて　「毎日新聞」一九九五年六月十六日

初出一覧

葦書房社長の解任に思う　「熊本日日新聞」二〇〇二年十月四日
編集稼業三十年　『地域と出版』二〇〇四年四月（南方新社）
編集稼業四十年　書き下ろし

Ⅱ　博多　バブル前後

よそ者―森の力　「朝日新聞〈新はかた考〉」一九九五年八月―十二月
石風亭日乗　「スパイダーズ・ネット vol.1―vol.3」一九九七年八月―一九九八年九月
この世の一寸先は闇　「スパイダーズ・ネット vol.3」

Ⅲ　石牟礼道子ノート

「神々の村」を読んで　「熊本日日新聞」二〇〇六年十二月四日
幻を組織する人　「道標」二〇〇七年一月（人間学研究会）
『苦海浄土』という問い　『石牟礼道子全集不知火』月報11　二〇〇六年五月（藤原書店）
石牟礼道子と水俣病運動　「道標」二〇〇五年冬、『石牟礼道子の世界』二〇〇六年十一月（弦書房）
水俣に至る回路　「西日本新聞」一九八一年十月二十一日

Ⅳ　なぜかアフガニスタン

アフガニスタンが主戦場―本流には真実がない　「南日本新聞〈南点〉」二〇〇九年一月―二〇〇九年六月
旱魃のアフガニスタンに用水路を拓く　「週刊金曜日」二〇一一年八月十九日

Ⅴ　本が放つ九州・沖縄の磁力

『忘れられた日本人』　「モンタン」二〇〇四年六月号（アソウ・ヒューマニーセンターグループ）
『姜琪東俳句集』　俳句誌　一九九八年
『サンチョ・パンサの行方』　「西日本新聞」二〇〇五年二月十三日
『デザインのデザイン』　「モンタン」二〇〇五年五月号
『歴史家の自画像』　「西日本新聞」二〇〇七年一月二十八日
『ナツコ』　「海路」第2号　二〇〇五年九月十五日
「土佐源氏」　「西日本新聞」一九八二年九月二十九日

右記以外は、「日本経済新聞」〈アプローチ九州〉に連載　二〇〇四年三月―二〇一二年四月

福元満治（ふくもと　みつじ）

1948年、鹿児島市に生まれる。
現在、図書出版石風社代表、ペシャワール会事務局長
著書に『伏流の思考――私のアフガン・ノート　増補版』、絵本『岩になった鯨』（絵・黒田征太郎）。共著に『石牟礼道子の世界』（弦書房）、『地域と出版』（南方新社）がある。
福岡市在住。

出版屋《ほんや》の考え休むににたり

二〇一二年七月三十日初版第一刷発行
二〇一二年十月一日初版第二刷発行

著　者　福　元　満　治
発行者　福　元　満　治
発行所　石　風　社
福岡市中央区渡辺通二―三―二十四
電　話　〇九二（七一四）四八三八
ＦＡＸ　〇九二（七二五）三四四〇

印刷製本　シナノパブリッシングプレス

*価格は本体価格（税抜き）で表示しています。定価は本体価格＋税です。

石牟礼道子全詩集
はにかみの国
＊芸術選奨文部科学大臣賞

石牟礼作品の底流に響く神話的世界が、詩という蒸留器で清冽に結露する。一九五〇年代作品から近作までの三十数篇を収録。石牟礼道子第一詩集。入魂／原初よりことば知らざりき／花がひらく／乞食／涅槃／鬼道への径ほか　【3刷】2500円

渡辺京二
細部にやどる夢

ディケンズ、ブーニング、アーヴィング、ゾラ、など少年の日々退屈極まりなかった世界文学の名作古典がなぜ今、読めるのか。小説を読む至福と作法について明晰自在に語る豊潤な世界。歴史家として評価の高い著者の文学的感性を示す優れた文藝批評集　1500円

宮崎静夫
十五歳の義勇軍　満州・シベリアの七年

阿蘇の山村を出たひとりの少年がいた——。十五歳で満蒙開拓青少年義勇軍に志願、十七歳で関東軍に志願、敗戦そして四年間のシベリア抑留という過酷な体験を経て帰国、炭焼きや土工をしつつ、絵描きを志した一画家の自伝的エッセイ集　2000円

富樫貞夫
水俣病事件と法

水俣病問題の政治決着を排す一法律学者渾身の証言集。水俣病事件における企業、行政の犯罪に対し、安全性の考えに基づく新たな過失論で裁判理論を構築、工業化社会の帰結である未曾有の公害事件の法的責任を糺す　5000円

阿部謹也
ヨーロッパを読む

「死者の社会史」、「笛吹き男は何故差別されたか」から「世間論」まで、ヨーロッパにおける「近代の成立」を鋭く解明しながら、世間的日常と近代的個に分裂して生きる日本知識人の問題に迫る、阿部史学の刺激的エッセンス　【3刷】3500円

松浦豊敏
越南ルート

華北からインドシナ半島まで四千キロを行軍した冬部隊一兵卒の、戦中戦後を巡る自伝的小説集。戦争を生きた人間の思念が深く静かに鳴り響く、戦争文学の知られざる傑作。別れ／越南ルート／青瓦の家／マン棒とり　1800円

中村哲

ペシャワールにて　癩《らい》そしてアフガン難民

数百万のアフガン難民が流入するパキスタン・ペシャワールの地で、らい（ハンセン病）患者と難民の診療に従事する日本人医師が、高度消費社会に生きる私たち日本人に向かって放った、痛烈なメッセージ

【8刷】1800円

中村哲

医者、用水路を拓《ひら》く　アフガンの大地から世界の虚構に挑む

＊09年地方出版文化賞（功労賞）受賞

養老孟司ほか絶賛。「百の診療所より一本の用水路を」。数百年に一度といわれる大旱魃と戦乱に見舞われたアフガニスタン農村の復興のため、全長十数キロに及ぶ灌漑用水路を建設する一日本人医師の苦闘と実践の記録

【4刷】1800円

ジェローム・グループマン
美沢惠子訳

医者は現場でどう考えるか

「間違える医者」と「間違えぬ医者」の思考はどこが異なるのだろうか。臨床現場での具体例をあげながら医師の思考プロセスを探索する医療ルポルタージュ。診断エラーをいかに回避するか――この問題は、患者と医者にとって喫緊の課題である

【5刷】2800円

広野八郎

外国航路石炭夫日記　世界恐慌下を最底辺で生きる

一九二八（昭和三）年から四年間にわたり、インド・欧州航路の石炭夫として大恐慌下を生き抜いたひとりの労働者が、華氏一四〇度の船底で最低辺の世界を克明に記す。葉山嘉樹が「これはきみの傑作だ」と評したプロレタリア文学史上第一級の記録

2800円

浅川マキ

こんな風に過ぎて行くのなら

ディープにしみるアンダーグラウンド――。「夜が明けたら」「かもめ」で鮮烈なデビューを飾りながら、常に「反時代」的でありつづける歌手。三十年の月日が流れ、時代を、気分を遠雷のように照らし出す初のエッセイ集

【3刷】2000円

福元満治

伏流の思考　私のアフガンノート　〈増補版〉

グローバリズムの対極にあるアフガニスタンが、欲望マシンアメリカの鏡となって世界のアポリアを開示する。ペシャワール会の軌跡の中に、欧米型NGOや戦後日本の市民運動とは異質の可能性を示唆する

1500円

＊読者の皆様へ　小社出版物が店頭にない場合は「地方・小出版流通センター扱」とご指定のうえ最寄りの書店さんにご注文ください。なお、お急ぎの場合は直接小社宛ご注文くだされば、代金後払いにてご送本致します（送料は不要）。

＊価格は本体価格（税抜き）で表示しています。定価は本体価格＋税です。

姜琪東

身世打鈴《シンセタリョン》

在日韓国人の俳人が、もっとも日本的な表現形式で己の生の軌跡を詠む異形の俳句集。その慟哭と抗いと諦念に深い共感が生まれる。チョゴリ着し母と離れて潮干狩／帰化せよと妻泣く夜の言葉菟／燕帰る在日我は銭湯へ

1800円

坂口良

極楽がん病棟

やっと漫画家デビューしたと思ったら三四歳で肺ガン宣告。さらに脳に転移して二度の開頭手術。患者が直面する薬や治療費などの医療問題を体験のまま綴りながら、命がけのギャグを繰り出して逝った漢《おとこ》の、超ポップなガン闘病記

【3刷】1500円

ながのひでこ

とうさんかあさん　〈絵本〉

＊第一回日本の絵本賞奨励賞受賞

「とうさん、かあさん、ねえ、聞かせて。子どものころのはなし」。子どものみずみずしい好奇心がひろげる、素朴であたたかな命のつながり。ロングセラーとなった長野ワールドの原点、待望の新装復刊

【2刷】1400円

バーサンスレン・ボロルマー／訳　長野ヒデ子

ぼくのうちはゲル　〈絵本〉

＊04年野間国際絵本原画コンクールグランプリ受賞

春夏秋冬、宿営地をもとめ、家畜とともに草原を旅するモンゴル・移動民のくらし。生まれたばかりの赤ん坊ジルの目を通して、心豊かに生きる人々の一生を、細密で色鮮やかな筆致で描いた珠玉の絵本

【2刷】1500円

佐木隆三・文／黒田征太郎・絵

昭和二十年八さいの日記　〈絵本〉

「ぼく、キノコ雲を見たんだ」。その少年は「おくにのために」死ぬ覚悟だった。八さいだった佐木隆三氏が少年の心象を書き、七さいだった黒田征太郎氏が渾身の気迫で絵を描いた。平和と命への希求が描かれた〈いのちの絵本〉

【2刷】1300円

黒田征太郎・絵／ふくもとまんじ・文

岩になった鯨　〈絵本〉

ひとは心のどこかにまぼろしをかかえて生きています。これは、あなたの心にすむ鯨と龍の物語。——生きるとはなにか。死とは、また愛とはなにか。子どもにもおとなにも心に響く絵本が誕生

1200円

＊読者の皆様へ　小社出版物が店頭にない場合は「地方・小出版流通センター扱」とご指定のうえ最寄りの書店さんにご注文ください。なお、お急ぎの場合は直接小社宛ご注文くだされば、代金後払いにてご送本致します（送料は不要）。